천중 귀환록 3
푸른 하늘 장편 소설

초판 1쇄 찍은 날 § 2011년 12월 22일
초판 1쇄 펴낸 날 § 2011년 12월 29일

지은이 § 푸른 하늘
펴낸이 § 서경석

편집부장 § 권태완
편집책임 § 박우진

펴낸곳 § 도서출판 청어람
등록번호 § 제1081-1-89호
등록일자 § 1999. 5. 31
어람번호 § 제1-1312호

주소 § 경기도 부천시 원미구 심곡2동 163-2 서경B/D 3F (우) 420-822
전화 § 032-656-4452 팩스 § 032-656-4453
http://www.chungeoram.com
E-mail § chungeoram@chungeoram.com

ⓒ 푸른 하늘, 2011

ISBN 978-89-251-2723-1 04810
ISBN 978-89-251-2696-8 (세트)

THE RECORD OF RETURNER

현중 귀환록

3

건드리면 먹어버린다

푸른 하늘 장편 소설

FUSION FANTASTIC STORY

CONTENTS

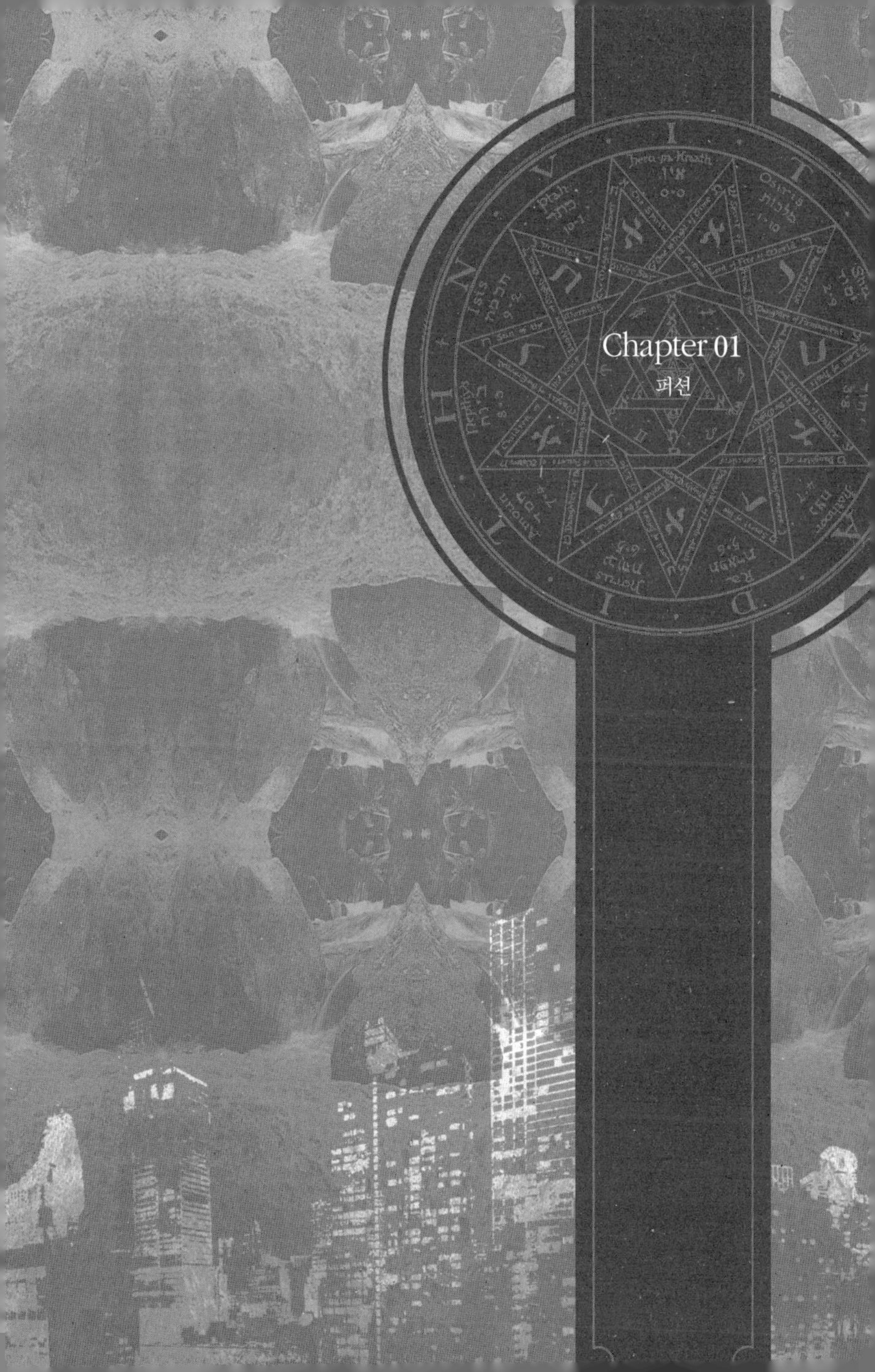

Chapter 01
퍼션

　현중이 고속도로를 달려 서울 시내의 팅클 소속사에 도착했을 때는 이미 해가 저물어 주위가 어두워진 시간이었다.

　드르륵.

　사무실 입구의 자동문이 열리면서 기획사 경비 두 사람이 현중을 한번 보더니 고개를 숙이며 인사했다.

　그런 그들을 지나 현중이 사무실로 들어서자 마침 기다리고 있던 김대칠이 현중을 반겼다.

　"오셨습니까."

　"네. 연락을 받고 왔습니다만 무슨 일이 있나요?"

우선 전화상으로 팅클은 앨범 준비에 들어갔다는 말을 들었고 이미 돈도 충분히 줬으니 한동안 자신을 찾을 일이 없을 거라고 생각했던 현중은 김대칠의 연락이 조금 의외였다. 특별하게 연예계에 관심이 있어서 팅클의 스폰서를 하는 게 아니라 오직 세희의 복수가 현중의 마음을 움직였을 뿐이니까 말이다.

"사실 부탁드릴 게 있어서 그렇습니다."

"부탁이요?"

"우선 전화상으로 하자면 이야기가 길고, 몇 가지 보여 드릴 것도 있어서 이렇게 모신 겁니다. 회의실로 자리를 옮겨서 이야기하죠."

김대칠이 먼저 일어서면서 회의실로 현중을 안내했다. 현중이 조용히 회의실 안으로 들어가자 그 곳에는 이미 팅클의 멤버인 세희, 미희, 소희가 뭔가 열심히 듣고 있었다.

"사장님, 엇? 현중 씨?"

팅클 멤버는 현중이 오는 걸 몰랐는지 회의실에 들어온 현중을 보고 다들 놀라서 귀에서 이어폰을 급하게 빼고 일어섰다. 서둘러 인사하는 그 팅클의 얼굴을 본 현중은 살짝 놀랐다.

모두 민낯인 것이다.

"이런, 너희들 아무리 앨범 준비로 방송 활동을 쉬고 있다지만… 사무실이라도 화장 좀 하고 있어라. 쩝.”

사장인 김대칠도 설마 아직도 민낯으로 앞으로 발표할 곡을 듣고 있을 줄은 몰랐기에 한소리 했다. 다들 그제야 자신들이 화장을 전혀 하지 않았다는 사실에 번개 같은 동작으로 얼굴을 돌려 후드 티의 모자를 뒤집어쓰고 손으로 볼을 가리는 등 난리였다.

“괜찮습니다.”

현중은 정말 화장한 것보단 개인적으로 화장 안 한 얼굴을 좋아해서 그렇게 말했을 뿐이다. 대륙에서 열두 살이 넘은 귀족의 영애들이 화장을 떡칠해서 분가루 냄새와 향수로 현중을 어지간히도 괴롭힌 기억 때문인지 지구로 와서도 이상하게 여자들의 진한 화장은 쉽게 적응되지 않았다.

오히려 초인의 몸을 가진 덕분에 집중하면 화장품을 몇 가지나 사용했는지 알아낼 정도였다.

그나마 대륙의 떨어진 가공 기술이 아니라 극도로 발달된 화장품 덕에 많이 좋아지긴 했지만 화장 안 한 얼굴을 선호하는 건 어쩔 수 없었다.

“죄송해요. 그게… 오실 줄 모르고……”

세희가 가장 먼저 고개 숙여 인사하는 모습에 현중은 오히려 고개를 갸웃거리면서,

“왜 죄송한 거죠?”

"아, 그게… 민낯을 보여드려서… 그게……."

세희도 자신이 막상 사과는 했지만 왜 했는지도 몰랐다.

워낙에 여자들의 화장하는 것이 예의로 받아들여지는 사회다. 거기다 방송 생활을 하는 연예인이라는 특정 직업 때문에 화장을 안 한 게 오히려 상대편에게 실례를 한 것처럼 받아들이고 있는 것이다.

"그건 사과할 게 아닙니다. 그러니 마음 쓰지 마세요."

"네."

그렇게 잠깐의 팅클 민낯 소동을 뒤로하고 현중은 김대칠의 안내로 의자에 앉았다. 그러자 김대칠이 본격적으로 이야기를 꺼냈다.

"사실 현중 씨를 보자고 한 것은 한 가지 부탁을 하기 위해서입니다. 전에 스폰서 계약을 할 때 필요하다면 곡을 줄 수도 있다고 하셨죠?"

"곡이요? 네. 뭐, 원한다면 한두 곡 정도는 드릴 수 있습니다."

"그게… 사실 그 곡을 부탁드리고 싶습니다."

"제게 곡을요?"

의외였다. 자본이 충분하니 당연히 유명 작곡가에게 곡을 받아서 한참 연습하고 있을 걸로 예상했는데 김대칠의 표정을 보니 그게 아닌 듯했다.

"혹시 작곡가 쪽에서 돈을 많이 달라고 하던가요?"

좀 알아주는 작곡가는 가격을 자기 맘대로 배팅하는 경우도 있기에 혹시나 해서 물어봤는데 김대칠은 고개를 흔들면서,

"그게 아닙니다. 원래는 타이틀 곡과 서브타이틀 곡을 받기로 한 작곡가가 있었습니다. 그런데 그게… 일이 좀 어긋나 버렸습니다."

김대칠의 표정을 보니 곡을 뺏긴 게 분명했다. 원래 유명 작곡가의 곡은 앨범 성공에 반은 먹고 들어가는 경우가 많아서 은근히 줄다리기가 심하다고 들었다.

하지만 이미 받기로 했다면 어느 정도 서로 구두로 약속을 했다는 건데 앨범 작업을 들어가서 곡을 못 받는다니 이건 좀 아니다 싶었다.

"뺏겼군요."

현중이 이미 알고 있는 듯 말하자 김대칠은 힘없이 고개를 끄덕였다.

우선 타이틀 곡과 서브타이틀 곡을 정해야만 안무와 노래 연습을 할 수 있는데 앨범 수록곡을 대충 정한 상태에서 가장 중요한 타이틀 곡과 서브타이틀 곡이 갑자기 공중분해된 것이다.

"그래도 어떻게든 해보려고 다른 작곡가와 앨범 수록곡 중

에서 타이틀 곡을 할 만한 것을 찾아봤지만 역시나 다들 마음
에 들지 않아서 고민 중이었습니다.”

“누구죠?”

현중의 물음에 김대칠은 이를 꽉 물면서,

“스타엔터테인먼트 쪽입니다. 계획적인지 모르지만 저희
가 앨범 작업에 들어가자 스타엔터테인먼트 쪽에서도 자신들
대표 걸 그룹인 엘븐스의 앨범 작업을 시작했습니다. 하지만
이렇게 작곡가의 곡을 가로채는 경우는 지금까지 없었기에
방심하다가……. 죄송합니다. 설마 그쪽에서 그렇게까지 할
줄은…….”

“흠.”

현중은 잠시 생각하는 척하면서 세희를 보니 역시나 짐작
대로 분한 듯 주먹을 꼭 쥐고 있었다. 미희나 소희도 비슷했
다.

아직 현재 팅클 소속사는 작은 편이었다. 당연히 국내 최고
라고 불리는 스타엔터테인먼트를 상대할 수는 없지만 아무리
이곳이 소리없는 전쟁터라도 기본적으로 사업인 이상 상도라
는 게 있는 법이다.

그런데 스타엔터테인먼트에서 이번에 그걸 깨뜨린 것이
다.

“혹시 그들이 이러는 이유가 뭔지 아십니까?”

굳이 스타엔터테인먼트에서 경계하기에는 팅클 소속사의 규모가 그리 크지 않다. 현중은 이해하기 힘들어 그들이 방해하는 이유가 궁금했다.

"저희도 현재 그걸 모르겠습니다. 이미 맘모스처럼 커다란 기획사에서 굳이 저희가 받기로 한 곡을 가로챘다는 것이……."

김대칠도 답답한 모양이었다. 작곡가와 아예 연락이 되지 않으니 물어볼 수도 없었다. 그러니 결국 고민하다가 현중이 했던 말이 생각나서 연락하게 된 것이다.

"앨범 준비까지 시간이 얼마나 있죠?"

"아직 몇 개월 여유가 있습니다. 타이틀 곡이 없는 상태에 녹음할 곡을 선별하는 중이었기에 시간적 여유는 좀 있는 편입니다."

"그럼 제가 조만간에 괜찮은 곡으로 보내 드리죠."

"네, 현중 씨만 믿겠습니다."

미국은 모든 음악인들이 꿈꾸는 곳이다. 빌보드 차트에 100위만 올라도 아시아 지역에서는 난리 나는 곳이 바로 미국이다. 수많은 천재 뮤지션이 넘쳐나게 많은 곳이 미국이다. 그렇기에 현중에게 희망을 걸고 있는 김대칠이었다.

이렇게 철석같이 믿고 있는 김대칠의 생각과 달리 현중은 미국에 아는 사람이 없었다.

대신 음악 하면 그 어느 뮤지션보다 천재적인 녀석을 하나 알고 있었다.

그렇기에 쉽게 승낙한 것이다.

그런데 이것만이 아닌 것 같았다. 김대칠은 현중에게 뭔가 말하려는 눈치를 보이고 있는데 아직 김대칠에게 현중은 어렵기만 했다.

솔직히 현중이 마음만 먹는다면 현재 김대칠의 회사를 돈 주고 사는 것은 일도 아니었으니까 말이다. 물론 그런 귀찮은 짓을 할 리가 없지만 김대칠이 그런 현중의 성격을 알지 못했기에 어렵기만 했다.

"뭔가 하실 말씀이라도 있으신가요?"

"저 그게… 혹시 시간적 여유가 되시면 오늘 저희 소속사 연습생을 뽑는 공개 오디션이 있는데 같이 자리하지 않으시겠습니까?"

"연습생 공개 오디션이요?"

현중이 뭘 안다고 오디션에 가겠는가. 그래서 거절하려고 하는데 세희가 슬그머니 끼어들었다.

"저기… 현중 씨, 한번 보시는 것도 괜찮아요. 저희도 그렇게 오디션에서 뽑혀 연예인의 길을 걷고 있거든요"

세희까지 거들고 드는 모습을 보니 뭣 때문에 외지인이나 다름없는 자신을 연습생 오디션까지 데리고 가려는지 궁금해지기 시작했다. 결국 김대칠의 눈동자와 마주칠 때 천심통을 발휘했다.

그리고 이유를 알게 된 현중은 그냥 웃었다.

"스폰서라는 것이 어떤 것인지 전 잘 모릅니다. 하지만 일반적으로 스폰서는 여자 연예인의 경우 성 상납을 받고 뒤에서 돈으로 밀어주는 거라고 하더군요."

흠칫!

흠칫!

김대칠과 세희가 동시에 몸을 움찔거렸다.

현중이 정곡을 찌른 것이다. 현재 겉모습만으로 현중은 스물다섯 살이다.

스물다섯 살의 남자는 당연히 혈기왕성하고 여자를 사귀면서 한참 이성에 호기심이 많을 나이가 아닌가? 그러니 김대칠은 우선 스폰서 계약은 했지만 세희가 직접 현중을 스폰서라고 데리고 왔으니 세희에게 전적으로 맡긴 것이다.

하지만 여자 연예인, 특히 걸 그룹의 가수에게 스캔들은 치명적이다.

김대칠이 현중이 가고 몰래 세희에게 현중과 잠자리를 했냐고 물어본 적이 있을 정도이니 이곳 연예계의 스폰서라는 게 어떤 개념인지 더 이상 설명이 필요없으리라.

"후훗, 걱정되시나요?"

"하하하! 뭐, 걱정은 됩니다만 세희도 이제 스물네 살입니다. 연예계에서 살아온 내공이 있는데 잘 알아서 하겠죠. 저도 배우를 하다가 기획사를 차려서 웬만해서는 회사 차원에서 터치를 하지 않으려고 합니다만 개인적인 스폰서는 약간 걱정은 됩니다."

처음에 그녀가 현중을 데리고 올 때는 너무 갑작스러웠고 그의 정체를 알면 알수록 놀라워서 얼떨떨한 상태라 그냥 넘어갔다. 그런데 조금 지나고 보니 세희와 현중의 관계가 이상하게 보일 수밖에 없었다.

약간의 인연이 있다고 하지만 5억이라는 큰돈을 그냥 내주고, 스폰서를 봐주고, 이건 퍼줘도 너무 퍼주는 게 아닌가? 상식적으로 돈이 있는 사람이 돈에 대한 욕심이 더 많은 법이다. 그건 인간들 특유의 가진 자의 욕심이 아니던가? 거기다 연예계는 유독 돈 욕심이 심했다.

특히, 권력과 돈은 그 중독성이 강해서 한번 큰돈을 벌어서 돈 쓰는 재미를 들여놓으면 절대로 헤어 나오지 못한다.

하물며 젊고 개인 자산이 1조 원이 넘을 정도의 재산가가 세희에게 그냥 돈을 줄 리 없다고 생각하는 건 너무나 당연했다.

하지만 그런 너무나 당연한 생각이 현중에게는 전혀 맞지 않는 상식이라는 게 문제였다.

“김대칠 사장님.”

현중이 김대칠을 부르자 혹시 자신의 말에 현중이 기분 나빴나 싶어 조심스럽게 그를 바라봤다.

“사람은 보통 두 가지 이유로 움직인다고 합니다. 하나는 돈, 하나는 마음입니다. 하지만 전 돈은 남부럽지 않을 만큼 있습니다. 그러니 제가 세희의 스폰서가 된 것은 돈 때문이 아니겠죠?”

김대칠은 당연하다는 듯 크게 고개를 끄덕였다.

“그럼 하나뿐이지 않나요? 세희의 말이 제 마음을 움직였기에 스폰서를 해주는 것뿐입니다. 그리고 전 돈으로 할 수 있는 부분에서는 전폭적으로 밀어줄 생각입니다. 단 팅클 멤버에 한해서인 건 아시죠?”

“네, 그건 당연합니다.”

현중이 팅클 멤버에 한해서 스폰서를 한다고 재차 강조하면서 못을 박자 김대칠은 자동으로 고개를 끄덕였다.

“한데 혹시나 하는 마음으로 저를 연습생 오디션 심사에 참가시키시려고 하는군요?”

뜨끔!

그렇다. 김대칠이 굳이 현중을 연습생 공개 오디션에 데리고 가려고 한 것은 혹시나 팅클 멤버 외에 다른 사람도 현중의 눈에 들어 스폰서를 받을 수 있을까 하는 욕심에서다.

연습생도 돈을 많이 먹는 편이다. 개인 용돈을 빼고는 모두 기획사에서 부담해야 한다. 노래부터 안무, 요즘은 연기도 연습시키고 수시로 다른 가수들 공연하는데 백댄서로 무대 적응도 시켜야 한다. 돈이 한두 푼 드는 게 아니었기에 혹시라도 한 명만 현중이 키워주겠다고 하면 김대칠 사장으로서는 그만큼 한 명 더 뽑을 수 있는 여유가 생기는 것이라 욕심을 부린 것이다.

물론 개인적으로 뭔가 돈을 남겨 먹겠다는 생각으로 한 게 아니라 현중은 그냥 웃어 넘겼다. 만약 현중에게 돈을 더 뜯어내려고 했다면 현재 기획사의 사장은 바뀔 것이 당연했다. 현중은 귀찮아도 손을 떼버릴 것이고. 테른은 현중을 기만한 죄를 물어 김대칠을 틀림없이 동해바다에 던져 버릴 테니까 말이다.

아무튼 한 명이라도 연습생을 더 받아들이고 싶어서 쓸데없는 욕심을 부리는 김대칠의 모습이 아직은 각박한 연예계에 뜨거운 열정이 남아 있는 사람이라고 생각되었고, 무엇보다 스타엔터테인먼트를 상대하려면 팅클의 소속사도 웬만큼 커야 세희의 복수가 실현되지 않겠는가?

'그냥 넘어가 줄까? 오디션이라는 게 궁금하기도 하고 말이야.'

일반인으로 살던 현중에게 연예계는 모든 게 새로운 자극이었다. 그리고 오디션이란 것은 결코 일반인이 알 수 있는 성질의 것이 아니기에 현중의 호기심도 어느 정도 작용했다. 뭐 혹시 정말 현중의 눈에 스타 기질이 보인다면 밀어줄 수도 있다.

어차피 테른이 쓰라고 벌어다 준 돈이다. 도박하는 것도 아니고 한 사람의 꿈을 도와주는 데 크게 거리낄 것도 없었다.

"뭐 상관없죠. 저도 투자를 많이 하면 그만큼 저에게 떨어지는 수익도 많을 테니까요. 그렇죠?"

현중이 일부러 자신의 생각대로 따라준다는 것을 확인한 김대칠은 머리를 깊이 숙이면서 사과했다.

"죄송합니다. 그만… 욕심이 나서……."

어쩌면 이걸로 기분 나빠서 현중이 현재 하고 있는 스폰서에서 손을 떼버릴 수도 있다. 순간의 욕심 때문에 자신이 너무 속보이는 짓을 했다는 걸 뒤늦게 깨달은 것이다.

"아닙니다. 정말 괜찮은 인재가 있다면 저도 얼마든지 투자할 생각이 있으니까요."

"있을 겁니다. 그렇기에 공개 오디션을 보는 것이니까요. 분명히 미래의 스타가 있을 것이라는 믿음으로요."

아직 열정에 온몸을 불사르는 김대칠의 모습을 보니 현중은 확실히 팅클의 스폰서를 하길 잘했다는 생각이 들었다. 소속사 사장이 열정에 달아올라 움직이는 이상 그냥 힘없이 쓰러지진 않을 것이다.

물론 자신이 관여한 이상 쓰러지게 놔둘 생각도 없었다.

이유야 어찌 되었든 현중은 얼떨결에 팅클 소속사의 공개 연습생 오디션까지 구경하게 되었다.

그런데 막상 오디션 장에 오니 가장 중앙은 사장인 김대칠의 자리지만 바로 왼쪽이 현중의 자리였다. 그리고 세희가 현중의 옆이고 사장 옆에는 치프 매니저를 맡고 있는 사람이 앉았다.

"허참."

현중은 잠시 한숨은 내쉬면서 뭔가 좀 불편한 자리에 앉았다는 느낌이 들었지만 그런 기분도 곧 사라졌다.

오디션을 보기 위해 온 사람은 모두 서른 명. 그중에는 팀도 있기에 실제로 오디션을 봐야 하는 숫자는 여덟 번에 불과했다.

그런데 현중이 오디션 장에서 직접 느낀 것은 거의 충격이었다.

'이 정도인가?'

그저 TV로만 연예인을 보던 현중은 평범한 일반 사람들과 다를 바 없었다. 그렇기에 이런 오디션 장은 생전 처음 온 것이다. 가끔 TV에서 인기 그룹의 연습생 시절과 오디션 보던 동영상을 잠깐씩 보여준 적이 있기에 그냥 별거 아니라고 생각했는데 그런 생각 자체를 모두 바꿔야 했다.

전쟁!

정말 이건 욕설과 총칼이 없다 뿐이지 전쟁이었다.

연습생이 되기 위해 찾아온 아직은 어린 소년, 소녀들의 눈동자는 열망, 오기, 고집으로 그냥 호기심에 온 현중의 시선을 단번에 사로잡았을 뿐만 아니라 춤이면 춤, 노래면 노래, 연기까지 완전 종합 선물 세트를 보는 듯했다.

TV로 보는 연기와 노래는 아무래도 전파를 타고 기계를 통해서 나오기 때문에 그 느낌이 그저 듣는 것에 불과했다.

하지만 직접, 겨우 4~5m 거리에서 무반주로 노래를 부르면서 자신의 가창력을 선보이고 춤도 추고, 김대칠이 랜덤하게 주문하는 연기도 소화하는 사람들을 보면서 치열하다는 생각밖에 들지 않았다.

그리고 김대칠도 이미 오디션을 시작하는 순간 날카롭게 모든 신경을 오디션을 보러 온 사람에게 집중했다.

이 순간만큼은 현중도 김대칠의 눈에 들어오지 않을 것이다.

그런데 이렇게 냉철하게 심사를 하는 김대칠의 눈에 확 들어오는 팀이 하나 나타났다.

“힙합 동아리라……. 퍼션? 이름도 이상하군.”

가장 마지막으로 들어온 다섯 명으로 이뤄진 힙합 동아리 모임의 남자 애들인데 나이가 17~19살 사이로 이제 갓 고등학교를 졸업했거나 아직 다니는 학생들이었다. 그런데 그 춤 솜씨는 정말 지금까지 오디션을 본 모든 사람들을 잊어버릴 만큼 절도가 있으면서도 능숙한 것이 전문적으로 추는 춤꾼으로 착각할 정도였다.

노래를 듣지 않았다면 말이다.

"……!!"

"……!!"

가장 키가 큰 편인, 스포츠머리에 모히칸 스타일을 흉내 낸 듯한 쌍꺼풀 없는 남자애가 앞으로 나서면서 노래를 부르는 순간 오디션 장이 흔들릴 만큼의 파워풀한 샤우팅 창법에 잠시 심사를 해야 한다는 것도 잊어버릴 정도였다.

그것뿐만이 아니었다. 이어 평범한 외모지만 눈웃음과 볼의 보조개가 귀여운 남자애가 나오더니 멜로디가 들어간 저음 부분을 부드럽게 이어받았고, 그리고 이어서 두 명의 남자애가 튀어나와 속사포처럼 빠르게 리듬을 타면서 랩을 하더니 사라졌다.

이 모든 실력만으로도 놀라운데 더 놀란 것은 지금 이들의 노래가 자작곡이라는 것이다.

빠른 비트에 적절한 랩 선율, 거기다 격렬하게 힙합 춤을

추면서도 음정이 흐트러지지 않을 정도로 안정적인 가창력은
한마디로 정의하면,

대어!

소위 기획사 관계자들이 말하는 대어인 것이다.

하지만 김대칠은 뛰어난 실력에도 잠시 망설이는 듯했다.
분명히 가창력과 노래를 작곡하는 능력까지 어느 것 하나 흠
잡을 곳이 없었다. 거기다 제법 잘생긴 얼굴의 모히칸 스타일
의 남자애도 충분히 어필이 가능해 보였다.

하지만 김대칠은 대어라는 것을 직감하면서도 고민할 수
밖에 없는 이유가 있었다.

"…힙합이라……."

현재 대한민국은 댄스 열풍이라고 해도 과언이 아니었다.
댄스곡은 만들기만 하면 최소 본전은 건진다는 말이 있을 정
도로 전국이 댄스곡으로 도배되다시피 한 것이다. 거기다 그
룹으로 나오다 보니 가창력보다는 얼굴과 춤 실력, 그리고 여
성 그룹은 특징인 섹시함을 내세워 활동하는 게 대세였다.

립싱크? 그건 이미 기본 중의 기본이다. 노래는 기계의 힘
을 빌리면 되고 얼굴은 조금 뜯어 고치면 된다. 몸매야 살 빼
면 된다. 즉, 현재 가요계는 여성 그룹과 남성 그룹으로 나누
어진 그룹 잔치인 것이다. 하지만 모두 다 댄스곡이다.

그 어디에도 힙합 음악을 하는 그룹은 없었던 것이다.

물론 힙합 그룹이 없었던 것은 아니다. 혜성 같이 등장했던 그룹도 있었지만 한 달도 못 버티고 방송가에서 사라졌다. 왜냐? 가요 프로의 주시청자가 학생이다. 중고등학생에게 힙합이란 그리 피부에 와 닿는 장르가 아니었다.

거기다 기존의 댄스 그룹은 미끈한 미소년의 얼굴과 멋진 춤으로 여학생의 마음을 사로잡는 반면 힙합 그룹은 자유분방한 게 특징이다.

힙합은 자유다, 하는 말이 있을 정도이니 무슨 설명이 필요하겠는가?

즉, 현재 대세가 댄스 그룹이다 보니 김대칠이 망설이는 것이다.

당장 몇 달 연습시키면 데뷔할 만큼 실력파지만 그게 먹힐지 안 먹힐지 알 수가 없는, 정말 도박으로 받아들여지고 있는 게 2000년대 대한민국이었다.

계약과 동시에 기획사에서는 소속 가수에게 계속 돈이 나간다. 여러 가지 준비와 데뷔를 위한 연습으로 말이다.

하지만 힙합이라는 장르가 역시나 걸리는 것이다.

그때 현중이 자리에서 일어서더니 방금 막 오디션 공연을 마친 퍼션에게 다가갔다.

"잘하는군."

기획 쪽으로 전혀 문외한인 현중이 봐도 정말 잘했다.

그리고 순수 열정만큼 투지가 피어올라 퍼션의 다섯 명 전원에게서 열정을 나타내는 분홍색의 오라가 피어오르는 게 현중의 눈에 보인 것이다.

실제로 이렇게 오라가 보일 정도면 그 열정과 노력을 인정해야 할 만큼 한 길만 걸어온 사람들이 대부분이다.

대륙에서 알아주는 장인들이 보통 몸에서 자기만의 고유색을 가진 오라를 피워 올렸기에 현중은 오라만 보고 퍼션을 앞으로 스타가 될 자질이 충분하다고 생각한 것이다.

"감사합니다."

동시에 다섯 명이 현중에게 고개 숙여 인사하는 순간 현중의 눈에 보였던 분홍색의 오라는 사라져 버렸다.

몸의 긴장이 풀렸는지 어떤지는 몰라도 현중만의 생각으로 이들은 대스타까지는 확신할 수 없지만 어느 정도 수준까지는 될 수 있다고 판단했다. 무기나 물건을 만들어야만 장인이 아니다. 글을 써도 장인이 될 수 있고 노래를 불러도 장인이 될 수 있다. 뭔가 작품을 남겨야만 장인이 된다는 건 고지식한 편견일 뿐이다.

그리고 현중은 천천히 몸을 돌려 김대칠 사장을 바라보면서,

"사장님이 보기에 어떤가요?"

"…당연히 실력만큼은 저도 놀랄 만큼 출중합니다. 하지만

현재 가요계는 댄스가 대세입니다. 이런 분위기는 최소 3년 이상은 갈 걸로 예상되어지기에……."

김대칠은 말끝은 흐렸지만 이미 퍼션 멤버들의 기죽은 듯한 얼굴 표정을 보니 여기 외에도 여러 곳에서 이런 말을 들었나 보다.

"여기가 몇 번째 오디션이지?"

현재 오디션 심사위원의 자격으로 이 자리에 있기에 현중은 반말로 조용하게 물었다. 모히칸 스타일 헤어를 한 녀석이 고개를 들고는,

"일곱 번째입니다."

"많이 돌아다녔군. 그런데 왜 그렇게 연예인이 되고 싶어 하지? 인기? 명예? 아니면 돈?"

연예인이라는 직업 자체가 대박만 터뜨리면 어린 나이에 몇 억 버는 것은 일도 아니었다. 그 가까운 예로 현재 팅클의 막내 소희가 1년에 대충 벌어들이는 돈이 10억 가까이 된다. 멤버 중에 가장 인기가 있다 보니 CF도 자주 찍는 편이라 개인적으로는 아마 가장 많이 벌 것이다. 그런데 소희의 나이는 이제 열여덟 살이다. 대한민국 어디에 열여덟 살의 나이에 일 년에 10억을 버는 직업이 있겠는가? 그것도 여자애가 말이다.

당연히 화려한 조명에 엄청난 돈을 버는 직업인 연예인이

선망의 대상이 되는 건 당연했다. 하지만 그렇게 돈과 명예를 쫓는 자는 결코 오래가지 못한다.

인기란 바람 같은 것이니까. 잡는다고 잡히는 게 아니고 막는다고 막아지는 게 아니다.

그리고 그 인기란 것에 한번 맛을 들이게 되면 마약보다 더 지독한 중독성을 가지게 된다. 사람을 자살로 몰거나 폐인으로 만드는 것도 우습게 여겨질 만큼 무서운 게 인기라는 괴물이었다.

"평생 노래하면서 먹고살려면 가수가 되어야 하니까요."

"모두 같은 생각인가?"

"네!"

대답하는 순간 퍼션 다섯 명 모두에게서 희미하게 분홍빛의 오라가 살짝 피어올랐다가 사라졌다. 진심인 것이다. 장인의 증명이라고 불리는 오라를 피워내는 사람이라면 충분히 투자 가치가 있었다.

인기는 그다음 문제다. 현재 대한민국 연예계는 방송의 힘으로 어느 정도 스타를 만들 순 있지만 만들어낸 스타를 영원히 기억될 만한 대스타로 만들어 하늘로 띄우진 못했다. 말그대로 스타란 하늘이 내리고 운이 닿아야만 되는 것이니까 말이다.

"사장님, 이들을 제가 스폰서해 주면 어떻습니까?"

당연히 김대칠은 좋았지만 앞서 오디션을 본 애들이 아니라 하필 힙합이라는 게 조금 걸리는지 망설이는 듯했다.

하지만 어차피 현중이 스폰서를 해준다면 소속사에서는 스케줄만 잡아주고 뒤치다꺼리만 해주면 되기에 저런 좋은 실력을 가진 이들을 놓치기 아깝다는 생각에 결국 받아들였다.

"좋습니다."

물주인 현중이 좋다는데 사장이야 당연히 대환영이다.

그리고 계약을 하기 위해서 올라갔는데 현중이 뜻밖의 제안을 했다.

"이들의 앨범도 같이 작업했으면 합니다."

"네?"

"……!"

현중의 제안에 다들 놀랐지만 가장 놀란 건 퍼션 다섯 명이었다.

이제 연습생 오디션을 봤는데 앨범 작업을 하라니? 이건 애들 장난도 아니고 실제로 자신들이 알아보고 직접 찾아온 기획사가 아니라면 사기꾼이 아닐지 충분히 의심부터 갈 제안이 아닌가?

"이들의 앨범에 드는 비용도 제가 당연히 부담하죠. 팅클과 같은 조건으로 어떻습니까?"

팅클과 같은 조건이라는 말에 김대칠이 벌떡 자리에서 일어섰다.

"정, 정말로 그러시는 겁니까?"

"네."

"하지만 이들은 무대 경험이 전혀 없습니다. 앨범을 만들어도 실패할 확률이 너무 높습니다."

당연했다. 힙합에다가 무대 경험도 없고 방송용 카메라 앞에 서는 것이 그리 쉬운 게 아니다. 아무리 실력이 좋다고 해도 방송 카메라를 들이대면 주눅이 들어서 머릿속이 하얗게 변하는 가수들이 한둘이 아니다. 그래서 사전에 무대 적응 훈련을 충분히 하지 않던가?

김대칠의 지금 판단은 기획사를 운영하고 있는 그 누구라도 당연히 생각할 수 있는 판단이었고 맞는 판단이었다. 하지만 현중은 고개를 돌려 퍼션 멤버 다섯 명을 바라봤다.

"이대로 분위기만 따지면서 연습을 하면 다들 나이를 먹겠지? 지금 스무 살도 있으니 빨라봐야 3년은 걸릴 거야. 지금은 댄스 그룹이 대세니까. 하지만 내 말대로 젊음을 무기로 한번 도전해 본다면 늦어도 내년이면 데뷔할 수 있어. 판단은 너희들이 하는 거야. 어때?"

지금까지 데뷔하는 날짜를 소속사 가수에게 정하라고 하는 기획사는 처음 만나봤고 들어본 적도 없어서 그들은 서로 얼굴을 바라보더니 한동안 말이 없었다. 그러다 모히칸 스타일의 녀석이 입을 열었다.

"우선 잠시 상의를 해봐도 되겠습니까?"

"상관없어. 어차피 계약 전이니까 말이야. 너희도 정당한 계약을 해야 하는 상황이니까 요구하고 싶은 게 있으면 미리 정리해서 오도록 해."

김대칠은 자신도 현재 기획사를 운영하면서 나름 모험을 한다고 생각했지만 현중을 보면 이건 모험 정도가 아니라 완전 도박이었다.

2001년 현재 대한민국 트렌드는 당연히 댄스 열풍인데 힙합 그룹을 스폰서 하겠다니 누가 봐도 시기 상조였다. 분명히 퍼션이 실력은 있었다. 하지만 실력만 가지고 성공할 수 있으면 연예계는 이미 수많은 성공한 사람들로 북적였을 것이다.

현대 사회에서 가장 복잡하고 빠르게 변하는 곳이 바로 연예계인데 지금 현중은 그 빠른 연예계의 트렌드를 완전히 무시하고 있는 것이다.

하지만 김대칠과 반대로 퍼션은 너무나 뜻밖의 제안에 당황하고 있었다.

자신들의 실력을 높이 봐준 건 고마운데 연습생 기간도 없이 데뷔하고 싶다면 시켜 준다니 듣도 보도 못한 제안인 것이다.

거기다 현중은 스폰서를 한다고 했다. 즉, 앨범을 만드는 데 들어가는 돈을 모두 투자한다는 말이다. 아무리 연예계 생리를 모르는 퍼션이지만 대충 어떤 구조인지는 귀동냥으로 들은 게 있어서 약간은 짐작하고 있다.

만약에 퍼션이 앨범을 만든다면 현중이 앨범 제작 비용을 모두 부담하고 홍보와 함께 계약은 소속사와 하는 것이다. 즉, 퍼션은 스폰서 계약과 소속사 전속 계약을 동시에 해야 되는 상황이 되었다.

신인에게 스폰서가 붙는 경우는 없었다. 특히 남자 그룹의 경우는 소속사에서 심혈을 기울여 키워야 하는 경우가 대부분이다. 남자 그룹은 한번 뜨면 정말 초대박으로 뜨고 아니면 영원히 사라지는 경우가 허다하기에 스폰서가 잘 들어오지 않는다.

외국과 달리 한국은 특히나 여자 연예인의 경우 스폰서가 많은데 그건 이미 말하지 않아도 다 알고 있는 것이라 설명이 따로 필요없을 것이다.

"생각할 시간이 필요합니다."

퍼션의 멤버 다섯 명이 모두 좋다고 넙죽 받아들이지 않는 모습에 김대칠도 살짝 의아하게 바라봤다. 보통 데뷔시켜 준다면 냉큼 달려드는 게 기본이기에 뭘 저렇게 고민하는지 이해가 안 가는 것이다.

하지만 현중이 이미 그들의 몸에서 오라가 피어나는 것을 보고 충분히 예상하고 앨범을 내 주겠다고 선언했음을 알 리가 없었다.

'경솔하지 않은 게 더욱 마음에 드는군.'

대륙에서 보아온 장인의 오라를 피워 올렸던 사람들은 모두 그랬다.

그러니 현중은 지구라고 별다를 것 없다고 생각했고, 퍼션은 정확하게 현중의 의도대로 신중하게 판단하려고 하는 것이다.

"그럼 결정되면 기획사로 연락하면 되네. 난 개인적으로 퍼션의 실력을 높게 보고 있거든."

은근히 살짝 띄워주는 현중의 미소를 뒤로하고 얼떨떨한 상태로 기획사를 나온 퍼션 멤버는 모두 서로의 얼굴을 바라봤다.

"꿈은 아니겠지?"

"내가 묻고 싶다."

"서로 얼굴을 꼬집어볼까?"

결국 서로 볼을 잡고 힘껏 꼬집어보고 나서야 현실이라는 것을 깨닫고는 잠시 멍하니 서로를 바라보다가 모히칸 스타일의 태성이 먼저 웃었다.

"하하하하하하! 정말 팅클을 키운 소속사답다고 해야 되나?"

태성이 한마디 하자 옆에 있던 눈웃음이 매력적인 도준이 거들었다.

"당연하지. 우리를 알아봐 준 곳은 이곳이 유일하잖아."

모두 기쁨에 들떠 있을 때 랩을 담당했던 민수와 성준이 나머지 멤버의 어깨를 감싸안으면서,

"자~ 이대로 그냥 돌아가면 섭하겠지? 어디 물 좋은~ 아, 도준이가 미성년자지."

"성준이 형, 그냥 가까운 공원에 가죠. 마침 길 건너편 아파트 단지 내에 공원이 하나 있는데."

"그래, 가자."

너무나 놀라운 경험을 한 퍼션 멤버 전원은 곧바로 공원으로 들어가서 여러 가지를 의논했다. 우선 사기일 것이라는 것에서 다들 고개를 저었다.

사기꾼들은 보통 특징적으로 뭘 해야 한다, 뭘 해야 하는데 돈이 든다면서 돈부터 요구한다고 들었다.

하지만 현중은 오히려 앨범 제작 비용을 모두 내줄 테니까 데뷔하겠냐고 물어보는 것이다. 사기꾼이 돈 준다는 말은 들어본 적이 없기에 사기꾼은 아니었다.

그리고 자신들이 직접 알아보고 공개 오디션에 참가했으니 기획사가 이상한 회사도 아니다. 팅클이라는 현재 잘나가는 걸 그룹을 간판으로 데리고 있는 기획사이니까. 그럼 결론

은 하나였다.

"정말 우리 실력을 알아본 걸까?"

"음."

태성이 모두가 생각하고 있는 말을 하자 잠시 다들 말을 잃었다.

"어떻게 할래?"

퍼션의 실질적인 리더이자 연장자인 태성이 모두에게 의견을 구하자 다들 머릿속이 복잡한 표정들이었다. 그냥 오디션 한번 본다는 마음으로 왔으니 당연했다. 그리고 지금까지 계속 퇴짜만 맞으면서 힙합은 안 된다, 국내에서 힙합은 성공할 수 없다는 냉정한 말만 했던 기획사가 한두 곳이 아니었다.

솔직히 이번 팅클 소속사의 오디션도 여기에서 떨어지면 그냥 인디로 활동하면서 취미 비슷하게 계속하든지 아니면 퍼션이라는 팀이 해체되든지, 둘 중 하나의 지경까지 생각했기에 더욱 머릿속이 복잡했다.

"형들."

가장 나이가 어린 도준이 조용한 분위기에 입을 열자 자연스럽게 모두의 시선이 도준에게 몰렸다.

"전 솔직히 아직 고등학생이고 형들과 노래하고 춤추는 게 좋아서 하고 있지만 형들은 아니잖아요. 태성이 형만 해도 곧

군대를 갈지, 아니면 대학을 갈지, 취직할지 고민한다고 들었어요."

도준이 어리긴 하지만 가장 날카롭게 말하자 다들 입을 다물었다.

솔직히 중고등학교를 다닐 때는 그저 춤이 좋고 노래가 좋아서 했다. 하지만 학교를 졸업하고 보니 춤과 노래를 해서는 먹고사는 게 너무나 힘들기에 결국 오디션을 봐서 가수로 데뷔하려고 생각한 것이다.

물론 처음에는 자신이 있었다. 이미 인디 쪽에서는 힙합으로 국내에서 제법 알아주는 퍼선이었고, 힙합을 좋아하는 사람들은 대부분 알고 있을 정도로 인지도도 있긴 했다.

하지만 인디 공연으로 수입은 거의 없었다.

힙합의 특성상 공연 행사 같은 것이 자주 들어오지도 않았고 몇 번 나가봐도 크게 인기도 없었다.

"형들, 우리 아버지가 입버릇처럼 하시는 말씀이 있어요. 사람이 살아가면서 누구나 공평하게 세 번의 기회가 찾아온다고요."

"세 번?"

태성이 도준의 말에 관심을 보이자 도준은 더욱 힘을 주면서,

"네. 누구나 공평하게 세 번의 기회가 온다고 했어요. 근데

그걸 잡는 건 100% 본인의 노력이라고 누누이 말씀하셨죠. 그리고 전 이렇게 생각해요. 이번에 스폰서 계약과 소속사 계약이 하나의 기회라고요. 몇 번째 기회인지는 몰라도 전 기회라고 생각돼요."

아직 어린 도준이 힘을 주어 말하자 다들 근의 말에 고민하던 머릿속이 조금씩 맑아지는 걸 느꼈다.

그리고 가장 연장자인 태성이 손뼉을 치면서,

짝!

"그래, 어차피 우린 젊어. 그리고 아무 데도 받아주지 않던 우리다. 그런 우리를 알아보고 뒤에서 밀어주겠다는데 포기한다면 그건 도망가는 것밖에 되지 않지? 다들 그렇게 생각하지 않아?"

태성이 이미 결심을 한 듯 모두에게 말하자 다들 고개를 끄덕이면서,

"힙합 정신이 뭐겠어? 까짓것, 자유롭게 하는 거야. 좋아서 시작한 일이고. 남자라면 한번 크게 놀아야 되지 않겠어? 우리는 장례식장에 가서 공연까지 했던 저력이 있는 퍼션이 아니냐!"

"킥. 태성이 형, 그건 좀 잊자구요. 크크크큭."

도준이 그때가 생각났는지 웃음을 터뜨리자 다들 크게 한 바탕 웃었다.

인디로 활동하면서 공연 제의만 오면 어디든지 자신들의 춤과 노래를 보여줄 수 있다는 생각에 달려갔다. 그런 공연 기록의 정점을 찍은 것은 2년 전에 있었던 납골당 증축 축하 공연 때가 아마 최고였을 것이다.

행사 도중에 납골당으로 들어가는 장례용 리무진도 있었고, 사람들의 관심은 없었고, 분위기도 뭐라 말하기 힘든 묘한 것이 처음으로 확인도 하지 않고 공연 제의를 덥석 받아들인 태성이 후회를 했었다.

납골당 증축 축하 공연에 힙합 팀을 부른 쪽도 참 이해가 되지 않았지만 나중에 알고 보니 원래 오기로 했던 트롯 가수가 펑크를 내는 바람에 급하게 섭외하다가 우연히 퍼션의 이름이 나온 것이다. 그러다 보니 부른 쪽도 힙합 그룹인 것까지 모르고 있었고, 공연에 목말라 있던 퍼션은 그냥 확인도 안 하고 무조건 달려간 것이 그 공연이었다.

"하자!"

"그래요."

"까짓것, 신나게 노는 거지. 안 되면 깨지는 거고."

"형들, 이왕 하는 거 대한민국에 퍼션이라는 이름을 유치원생도 알 정도로 유명해지자구요!"

"좋아!"

의외로 오랫동안 고민할 수 있었던 문제지만 가장 막내인

도준의 말 한마디로 너무나 쉽게 결론이 나버렸다.

"하지만 너무 빨리 승낙해도 보기에 좀 그러니까 이틀 뒤에 내가 연락할게. 다들 시간 비워놔."

태성이 말하자 다들 웃으면서,

"태성이 형, 우리가 스케줄이 뭐가 있다고, 크크큭, 시간 비울 것도 없잖아요."

"그런가?"

그렇게 작은 아파트 단지 공원에서 퍼션이 데뷔하기로 결정했고, 그게 시작이었다.

대한민국에 퍼션이라는 힙합 그룹이 얼마나 엄청난 파장을 몰고 올지 아직까지 그 누구도 예상하지 못하고 있었던 것이다.

Chapter 02

미팅

"어때요, 알아본 것은?"

제법 산다고 소문난 사람들이 모여 사는 강남의 한 지역. 붉은 벽돌로 지어진 으리으리한 담 안에서 김주현이 정원을 보면서 물었다.

"그게… 막혀 있습니다."

자신이 원하는 대답이 아니었기에 김주현이 인상을 찡그렸다. 보고를 하러 온 N대학 총장을 향해 노골적으로 실망했다는 듯 바라보자,

"도련님, 그게 아니라 김현중에 대한 정보를 막고 있는 곳

이 바로 탬플재단입니다.”

“탬플재단이?”

의외라는 듯 고개를 갸웃거린 김주현이 눈앞에 놓인 이미 식어버린 커피를 마시면서 그냥 먼 곳을 바라보았다.

“도련님, 탬플재단에서 어째서 김현중에 대한 정보를 막고 있는지 알 수는 없지만 제가 가진 인맥으로 알아보니 개인 재산이 상당하다고 합니다.”

“흥! 그까짓 25억짜리 차 타고 다니는데 거렁뱅이는 아니겠지.”

김주현은 현중을 생각할 때마다 가장 마음에 들지 않는 것이 바로 맥라렌 F1이었다. 김주현도 구해보려고 했지만 웃기게도 수수료까지 다 해서 28억을 달라고 했다. 실제 차 값보다 3억이나 더 요구하는 바람에 결국 포기하고 말았다.

람보르기니 정도는 어떻게 구할 수 있지만 맥라렌 F1은 구하고 싶다고 쉽게 구할 수 있는 것이 아니기에 더욱 분한 것이다.

N대학의 제왕이던 김주현이 한순간에 택시 기사라는 조롱거리밖에 되지 않는 별명이 생기게 된 결정적인 계기가 바로 현중의 맥라렌 F1이 배달되어 오면서부터였다.

쾅!

“젠장, 마리아까지 그 녀석을 싸고도는 이유를 알 수가 없으니……."

할아버지의 주현재단까지 이용해 봤지만 탬플재단의 정보 차단 능력은 정말 국정원에서 막은 것과 비슷한 레벨이라 힘들었다. 거기다 주현재단도 탬플재단의 도움을 받고 있는 상황이라 더욱 현중에 대해서 파고들기 힘들었다.

"도대체 마리아를 어떻게 아는 걸까."

마리아가 현중을 좋아하는 인상을 받은 김주현은 생각할수록 짜증이 나고 분해서 미칠 것만 같았다.

하지만 학교에서 대놓고 어떻게 할 순 없다.

자신의 이미지 때문에 절대로 무식하게 현중을 찍어 누를 수는 없는 법이다.

그렇다면 다른 방법을 이용해야 했다.

"현중 그 녀석의 재산이 얼마나 되는지 알 수 있는 방법은 없습니까?"

"자세하게는 모르지만 국산외환은행에 VVIP고객으로 등록된 것은 확인했습니다."

"그럼 많아 봐야 10억?"

김주현은 아무리 생각해도 현중의 나이를 생각하면 10억 이상을 생각할 수 없었다. 거기다 젊은 사람일수록 슈퍼카에 열광하는 법이다. 자신도 람보르기니를 사기 위해서 제법 공을 들였던 경험이 있으니 잘 알고 있다.

'고급 스포츠카＝미녀'라는 공식이 성립되기에 집은 월세
에 살아도 차는 비싼 걸 사는 사람이 많았다.

당연히 현중도 그런 부류의 사람이라고 생각했다.

"뉴욕 증시 쪽에서 재미를 봤다는 소문을 들었으니 많아봐
야 몇 십 억 정도 재산일 겁니다."

총장도 김주현의 생각에 힘을 보태자 이제 남은 것은 어떻
게 현중을 찍어 누르느냐 하는 것만 남았다. 총장실 문 앞에
서 들었던 마리아의 한마디가 지금도 김주현의 뇌리에 남아
있어 그냥 힘으로 누르는 것은 성에 차지 않았다.

"도련님, 사람을 시켜서 적당히 병신이라도 만들어 버릴까
요?"

총장은 자신의 학교 학생인데도 오히려 직접 나서서 현중
을 어떻게 하고 싶은 생각이 간절해 보였다.

"흥! 그런 걸로 내가 받았던 모욕을 씻을 수는 없어. 하지
만 경고 정도는 해도 좋겠지? 적당히 꼬리 잡히지 않을 녀석
으로 보내."

"네, 도련님."

"크크큭, 어디 한군데 부러져서 병신이 되면 더 좋겠지."

"알겠습니다, 도련님. 탬플재단의 눈에 걸리지 않게 조용
히 처리하겠습니다."

이렇게 현중을 처리할 계획을 세우고 있는 김주현과 N대

총장은 서로 웃으면서 기분이 좋아 보였다.

그런데 이런 이들의 계획 자체가 잠자는 드래곤 스케일(용의 비늘) 긁는 짓이란 걸 알지 못하는 게 안타까울 뿐이다.

이미 마리아가 충고했던, 건드릴 만한 존재가 아니라는 것은 처음부터 김주현의 머릿속에 남아 있지 않았다.

오직 자신의 상처받은 자존심과 마음에 두고 있던 템플재단의 이사장인 마리아 스핀 바로슈의 냉대까지도 모두 현중의 탓으로 돌려 버려 이를 갈고 있을 뿐이다.

너무나 도도한 한 송이 장미와 같은 마리아는 한번 만나본 남자라면 모두 호감을 표한다. 하지만 마리아와 눈을 마주치거나 조금이라도 성격을 건드렸을 때 느껴지는 날카로운 칼날 같은 느낌 때문에 멀리서만 지켜보는 사람이 많았다.

김주현도 그런 남자 중 하나였기에 현중이 더욱 미웠다.

자신은 가까이 가지도 못하는데 현중은 그런 마리아를 귀찮다는 듯 아무렇지 않게 대한다. 그것부터 시작해 생긴 것까지 무엇 하나 마음에 들지 않으니 총장실 앞에서 마리아에게 충고를 듣고 난 뒤부터 줄곧 어떻게 현중을 눌러버릴까 하는 고민만 하는 김주현이었다. 그러나 과연 그게 실현될지는 아마 현중만 알 것이다.

한편 최강석을 처리하고 조용히 살려고 마음먹고 눈에 띄지 않게 노력하는 현중이었지만 그 노력이 모두 헛고생이 되는 일이 벌어졌다.

다음날 학교로 가보니 농구부 코치가 강의실 앞에 버티고 서서 현중을 맞이한 것이다.

"자네가 김현중인가?"

아침에 세수하면서 면도를 하다 말았는지 턱과 볼에 수염 자국이 남아 있고, 머리는 자다 일어났는지 떡이 져 있는 50대 남자가 현중을 향해 물어보자 현중은 그냥 고개만 끄덕였다.

"음, 키는 괜찮고, 몸도 제법 튼실하고, 4학년이란 게 좀 걸리지만 뭐 괜찮겠지."

혼자 뭘 그리 궁리하는지 중얼거리면서 현중의 머리끝부터 발끝까지 하나하나 살펴보고는 손벽을 치면서,

짝!

"좋아! 합격!"

"……?"

"우선 면접은 합격이고 이제 실력만 보면 되겠군."

"……?"

지금 눈앞의 남자가 뭘 말하는지 영문을 모르는 현중은 그냥 지나치려 했다. 딱 보니 교수는 아니다. 교수가 아니라면 현중이 굳이 붙잡혀 있을 이유도 없고, 솔직히 저렇게 체육복

을 입고 후줄근한 모습으로 강의하는 교수가 있을 리도 없었
다.

"잠깐! 어딜 가나?"

그냥 강의실로 들어가려는 현중의 어깨를 잡으려고 손을
뻗는데 현중의 어깨가 비스듬하게 움직였다. 다음 순간 이미
현중은 강의실 안으로 들어가 있었다.

"……!"

방금 현중의 움직임을 본 남자는 두 눈을 부릅뜨면서 놀랐
다.

뒤에서 손을 뻗어 어깨를 잡으려는 자신의 손아귀에서 벗
어난 것도 모자라 걷는 그대로 정확한 타이밍에 어깨만 살짝
움직여 여유있게 피한 것이다.

"후후훗, 잘하면 생각 이상이겠는걸."

지금 현중을 찾아온 남자는 바로 농구부 코치로 있는 이혁
준이었다.

어제 갑자기 농구부 녀석들이 찾아와 캠코더용 테이프 하
나를 주면서 일단 보고 판단하라기에 봤다.

하지만 동영상을 보고 난 뒤에 이혁준은 놀란 입을 다물 수
가 없었다.

"이거 조작 아니냐?"

부드러우면서도 거침없이 움직이고, 막혔다 싶으면 이미

막아선 자의 뒤로 돌아가면서 모든 디펜스를 바보로 만들어버리는 드리블 실력에 이혁준은 눈을 떼지 못한 것이다. 거의 묘기에 가까운 NBA 기술을 이렇게 완벽하게 모두 발휘하는 사람은 처음 봤다.

"김현중, 일문학과 4학년 선배입니다. 저희들이 완전 놀림감이 될 정도였습니다, 코치님."

이건 놀림감 정도가 아니었다. 동영상을 두 번 정도 돌려봤을 때 이혁준 코치는 비디오 리모컨을 떨어뜨렸다.

현중이 뛰어가면서 돌파한 게 아니라 크게 걸으면서 모든 디펜스를 뚫어버렸다는 것을 눈치챈 것이다.

"괴물이군."

현중과 농구부의 대결을 본 이혁준이 한 말이었다.

그리고 바로 다음날 강의실 문 앞을 지키고 서서 현중을 기다렸다가 만난 것이다.

자리에 앉아 강의 준비를 하는 현중에게 농구부에 들어오라고 말한 이혁준은,

"싫습니다."

단칼에 거절한다는 말과 함께 정말 관심이 없다는 듯 무심한 눈길을 받았다.

"왜 싫은 건가?"

N대 농구부라면 들어오지 못해서 안달이 아니던가? N대

농구부 출신이면 최소 프로팀에서 스카우트를 받는 건 기본이다.

실제로 졸업 예정인 농구부원 열두 명 모두 프로 농구팀의 입단 제의를 받은 상태였다.

프로 운동선수는 일반 월급쟁이들이 받는 것에 비해서 비교도 안 되게 많이 받는다. 스타 선수들에 한해서지만 현중이라면 충분히 출전하자마자 스타가 될 수 있다고 판단했다. 조각 같은 미남 얼굴에 엄청난 농구 실력만으로도 이미 스타성은 보장된 것이다. 단, 동영상의 실력이 사실이라면 말이다.

그래서 테스트해 볼 겸 데리고 가려고 왔는데 현중은 아예 관심조차 없는 표정이니 이해가 안 가는 것이다.

"싫은데 이유가 있습니까? 그냥 운동선수가 되기 싫을 뿐입니다."

"정말인가? 나 참, 이해할 수가 없군."

성공이 보장되어 있는 길을 두고 싫다니 이해가 되지 않았다. 하지만 우선 동영상의 실력이 너무나 궁금했기에 억지를 부려서라도 테스트를 해보고 싶은 마음이 더 급했다.

"그럼 잠깐 테스트라도 해보는 게 어떤가?"

"농구할 마음도 없는데 테스트는 왜 합니까? 이제 곧 강의가 시작되니 나가주셨으면 합니다."

축객령까지 내리는 현중의 모습에 코치는 우선 돌아서야

했다. 억지로 밀어붙여 봐야 오히려 안 좋은 인상만 남길 테
니까. 그렇다면 이런 일에는 귀신같이 잘하는 사람을 시켜야
한다는 생각에 강의실을 나온 이혁준 코치는 나오자마자 휴
대폰을 꺼내 들었다.

"나다. 일문과 4학년에 김현중이라는 녀석을 테스트하고
싶은데 데려올 수 있겠니? 그래그래. 이번에 잘되면 내가 딸
한테 선물 하나 못해주겠니. 알았다 "

휴대폰을 끊은 이혁준의 입가에 미소가 번졌다.

귀신같은 솜씨로 사람을 움직이는 자신의 딸 이선정이라
면 충분히 김현중을 데리고 올수 있다고 판단한 것이다.

우선 농구 연습장으로 데리고만 오면 자신이 어떻게든 구
워삶을 수 있다고 생각했다.

지금 이혁준이 현중에게 이렇게 신경을 쓰면서 공을 들이
는 이유는, 물론 동영상이 가짜라고 판단되지 않는 것도 있고
실력이 궁금한 것도 있지만, 문제는 전혀 다른 데 있었다. 작
년에 부상당한 선수들의 컨디션이 제대로 올라오고 있지 않
다는 것이다.

특히나 작년 결승에 붙은 K대와 경기는 라이벌전이라서
물불을 가리지 않고 경기를 치르다 보니 대학 농구 경기 사상
가장 치열했고, 부상자 숫자도 가장 많았다.

그건 양쪽 다 마찬가지였다.

하지만 올해 K대 쪽에 신입생으로 전국 고등부 MVP 선수인 권오준이 가버리면서 비슷하다고 생각했던 것이 완전 뒤바뀐 것이다.

물론 N대 농구부도 고등부 MVP인 권오준에 맞먹는 신입을 데리고 오긴 했다.

하지만 재수가 없으려고 그러는지 첫날 연습하다가 발목을 겹질렀는데 그걸 대수롭지 않게 생각하고 계속 연습하다가 발목 인대가 늘어나 버린 것이다.

선수 관리를 못한 코치인 본인의 잘못도 있지만 선수 몸은 선수 자신이 챙겨야 하는 법이다. 그 결과 N대의 농구부 전력은 역대 최약체로 평가받고 있었다.

주전 선수 모두 작년 경기의 부상이 완전히 회복되지도 않았고, 루키를 데리고 왔는데 연습하다 다치고, 정말 올해 대학 농구대회는 안 봐도 뻔했다. 예선이나 통과할는지가 지금 가장 큰 걱정거리였다.

"뭐 데리고 와서 실력이 별루면 그만이고 동영상 정도만 되어도 어떻게든 끌어들이고 만다. 작년 빚은 갚아야지."

작년에 결승전에서 진 것이 못내 아직도 가슴에 한으로 남아 있는 이혁준이었다.

하지만 현중은 애초 농구부와의 대결 자체가 우발적으로 일어난 것이고, 농구에 흥미조차 없었다. 그리고 농구 말고도 지금 팅클에게 부탁받은 곡도 있었다. 테른에게 명령을 해놓았지만 본인이 들어봐야 했다.

사랑의 노랫말로 여자를 홀리는 데 타고난 재능과 기술을 가진 테른은 덕분에 노래와 악기도 웬만한 프로 뺨치는 수준이었다. 그런 그를 믿긴 하지만 그래도 확인은 필요했다.

그런 생각으로 가득 차 있는 현중에게 농구부 코치를 오전에 만났다는 것은 이미 기억 저 멀리 날려 버린 후였다.

"선배!"

"응? 과대표구나. 왜?"

"선배, 전에 말씀드렸죠? 미팅요."

"미팅? 아, 그래. 그런데 왜?"

"그게 오늘이에요. 원래 다음 주라서 마음 놓고 있었는데 천유화가 담 주부터 외국에 피아노 연주회가 있다고 하면서 이번 주로 바꿨다고 해서요. 시간 괜찮으세요?"

과대표는 현중의 눈치를 살폈다. 갑자기 미팅 날짜가 바뀌는 바람에 현중에게 미리 이야기를 못했으니 당연했다. 지금에 와서 현중이 안 된다고 하면 이번 미팅 자체가 허공에 붕 떠버리는 것이나 마찬가지다.

"오늘? 뭐, 별다른 일은 없는데."

"오케이!! 그럼 선배는 저녁 7시까지 아르의 정원으로 와주세요."

"아르의 정원?"

"네."

"거기가 어딘데?"

"헉! 선배, 설마… 아르의 정원을 모르세요?"

"응, 몰라."

당연했다. 현중의 일상은 학교, 집, 학교, 집, 학교, 팅클 소속사, 학교, 집이 대부분이니까 말이다.

그 좋은 맥라렌 F1을 가지고 드라이브 한번 나가본 적 없는 현중이다. 귀찮아서 안 나갔다고 한다면 과연 몇 명이나 믿을지 모르지만 실제로 현중은 귀찮아서 나가지 않았다. 현중 자체로도 눈에 띄는데 맥라렌 F1까지 몰고 나가면 난리도 그런 난리가 없었다.

학교로 등교하는 것도 테른이 무조건 타고 다녀야 한다고 우겨서 타고 다닐 뿐이다.

타지도 않을 차는 존재 의미가 없다고 하면서 난리치는 통에 별수 없이 현중은 타긴 하지만 어딜 돌아다니면서 놀아본 적이 없으니 노는 방법도 몰랐다.

힘이 없을 때는 아르바이트로 놀 시간이 없었고, 대륙에서 힘을 얻어 와서는 귀찮아서 놀지 않았다.

돈도 쓸 줄 몰라, 놀 줄도 몰라, 이건 뭐 현중을 나중에 알게 되는 사람이라면 전혀 의외라는 생각을 하게 될 것이다.

지금도 학교에는 현중이 한 달에 한 번씩 여자를 바꿔가면서 노는 카사노바쯤으로 소문이 나 있었다.

이미 마리아를 비롯해 세희도 학교에서 이야기가 나오는데 두 명 다 그냥 봐도 시선을 집중시킬 만한 미인이라는 것이 소문을 부풀리는 결정적인 이유였다.

특히나 신문부에서 이런 소문을 적극적으로 퍼뜨리면서 현중은 N대 공식 킹카이자 학교 역사상 가장 멋지고, 잘생기고, 돈 많은 남자로 기억되고 있는 중이었다.

이미 차 값만 25억짜리 차라서 현중이 돈이 많을 것이라는 것은 누구나 믿고 있었다.

현중이 돈이 많은 건 사실이지만 그걸 믿는 이유가 비싼 맥라렌 F1 때문이라는 게 참 아이러니하긴 했다.

"모르면 안 되니?"

"하하하, 선배, 선배 정도면 아르의 정원을 당연히 알 거라고 생각했거든요. 거기 유명해요. 음식 맛있고 분위기 좋아서 여학생들이 가장 가보고 싶어하는 레스토랑이거든요. 전 당연히 소문의 주인공인 선배라면 알 거라 생각했죠."

"소문?"

"모르세요? 아, 하긴 보통 소문은 남들은 다 알아도 정작 본인은 모르는 경우가 많죠. 현중 선배가 N대 역사상 가장 잘나가는 카사노바 킹카로 소문이 파다해요. 그래서 이번에 K

대에서도 선배 얼굴 보고 싶어서 이번 미팅을 저희에게 걸어
온 거구요. 즉, 이번 미팅 자체가 현중 선배 때문에 생긴 거예
요."

"그래?"

별 상관 없다는 듯 무심하게 대답하자 과대표는,

"선배, 기분 안 나빠요? 카사노바라는 말, 뜻은 아시죠?"

과대표의 장난스런 질문에 오히려 현중이 눈을 살짝 실눈
으로 만들면서,

"너 내가 바보로 보이냐?"

"설마요. 이미 졸업 논문도 패스한, 일문과를 비롯해 내년
졸업식 때 수석 졸업 예정자이신 현중 선배를 누가 바보로 봐
요?"

과대표는 거창하게 말하지만 왠지 말에 리액션이 심하게
들어가 있었다.

"여자 후리고 다니는 놈이 카사노바 아니야? 원래는 그게
아니지만 그렇게 다들 알고 있으니."

"선배, 사실은 여자친구 있죠?"

"나?"

"네. 선배, 여자친구 있다면 이번 미팅을 철저하게 비밀로
붙여 드릴게요. 아니, 제가 과대표의 이름을 걸고 저희 N대의
명예를 위해서 선배가 희생한 걸로 잘 말씀드릴게요."

과대표는 좋은 말로 치장하고 있지만 사실은 현중이 현재 여자친구가 있는지 없는지 남자인 과대표가 그것을 궁금해할 리는 없었다.

왜냐고? 현중도 남자니까 당연히 안다. 남자는 같은 남자에게 여자친구가 있는지 없는지 궁금해하지 않는다. 아주 친한 친구일 경우를 제외하고는 별로 관심이 없다.

하지만 지금 과대표는 현중에게 여자친구가 있는지 넌지시 물어봤다. 그건 십중팔구 누군가에게 청탁을 받은 게 확실하다는 말이 된다.

이미 대륙에서 단물, 쓴물 다 맛본 현중이 이런 어설픈 유도 질문에 넘어갈 리가 없다.

"후훗, 뭐, 좋을 대로 생각해 "

씨익 웃어버리면서 결정적인 대답을 하지 않자, 과대표는 멋쩍은 듯 잠시 현중과 눈이 마주치는 것을 피했다가 어색하게 웃으면서 뒤로 물러났다.

"그럼 선배, 저녁 7시까지, 잊지 마세요!"

급하게 인사만 남긴 채 후다닥 강의실을 나가 버리는 과대표를 보고는 현중은 다시 씨익 웃었다. 과대표가 강의실을 나가는 순간 강의실 창문으로 알고 있는 얼굴이 슬쩍 보였다가 사라졌기 때문이다.

"신문부로군. 참 귀찮게 하네."

저 신문부 부장이라는 녀석이 어떻게든 현중에 대해서 알고 싶은지 계속 귀찮게 하기 시작한 것이다. 이미 인터뷰로 자신에 대한 관심은 어느 정도 줄어들었을 것으로 생각했는데 오히려 더 지능적이게 과대표까지 이용해서 알아내려고 하는 모습까지 보여주자 귀찮으면서도 왠지 재미있었다.

이렇게까지 관심받는 것은 어쩌면 그만큼 매력이 있다는 것이니까 좋게 받아들이기로 한 것이다.

참 신기하게 긍정적인 현중이었다.

"그나저나 아르의 정원이 도대체 어디에 있는 곳이지?"

정작 아르의 정원이 어디에 있는 곳인지 과대표는 말해주지도 않고 사라져 버린 것이다.

거기다 누군가에게 물어보려고 했지만 이미 오늘 수업이 끝난 강의실에 남아 있을 사람도 없었다.

"내비게이션이라도 사야 하나."

25억짜리 차에 내비게이션이 없느냐고 물어본다면 대답은 당연히 '없다' 이다.

디자인을 중시한 맥라렌 F1, 날렵한 한 마리의 표범 목에 어울리지 않는 개목걸이 같은 내비게이션을 만들어놓을 이유가 없었다.

맥라렌은 말 그대로 폼생폼사의 결정판이었다.

오직 속도, 파워, 수려한 외관, 이것이 목표인 슈퍼카이기에 현중 같은 길을 모르는 사람에게는 의외로 애물단지 같은 역할도 함께 했다.

"테른에게 물어볼까? 아니야. 지금 작곡하고 있을 테니 놔두고, 어디 보자."

강의실을 나오면서 아르의 정원이 어딘지 알아낼 방법을 생각하다가 그냥 아무나 붙잡고 물어보자는 생각으로 주변을 둘러보았다. 마침 눈에 띈 사람이 농구부 매니저인 이선정이었다.

"선배, 또 뵙네요."

정말 절묘한 타이밍에 나타난 이선정이었다.

"이선정 씨라고 했죠?"

"네, 현중 선배. 그냥 선정이라고 부르세요. 학년도 나이도 제가 어리니까요."

털털한 성격답게 현중의 존대가 조금 거북한지 바로 말 편하게 하라고 하는 이선정이지만 현중은 고개를 저었다.

"전 존대가 편합니다. 그보다 혹시 아르의 정원이라고 아세요?"

"아르의 정원요? 네, 알고 있어요. 몇 번 가서 밥 먹은 적이 있거든요."

마침 찾고 있던 사람을 찾은 현중은 환하게 웃었다.

그리고 그런 현중의 웃는 얼굴을 본 이선정은 살짝 양쪽 볼

이 붉어졌지만 곧 정신을 차리고는,

"아르의 정원은 왜요?"

"오늘 거기서 미팅이 있거든요. 그래서 가야 하는데 과대표가 그냥 가버려서요."

"미팅요? 아, 그럼 설마 오늘 그 K대와 미팅하는 거 말씀이세요?"

장소만 듣고도 오늘 미팅의 상대가 누군지까지 이미 알고 있는 듯했다. 도대체가 이놈의 학교는 최소한의 비밀도 없는 건가 싶은 생각이 잠시 드는 현중이었다.

"네."

"그럼 알려 드려요?"

"그럼 저야 고맙죠."

"괜찮아요. 저번에 제가 실수한 것도 아직 사과 못 드렸는데 제가 아주 친절하게 가르쳐 드릴게요. 약간 외곽이라 우선 설명이 조금 길어요."

이선정은 곧바로 방긋 웃으면서 자신의 가방에서 노트를 꺼내더니 뭔가 열심히 그리기 시작했다. 바로 아르의 정원으로 가는 약도였다.

하지만 이때까지 전혀 모르던 자신의 다른 모습을 보았다.

"그러니까 이렇게, 이렇게 가서요, 이렇게 가서 여기서 왼쪽으로 꺾고요…(중략)……. 이렇게 가서 바로 옆을 보면 아르의 정원이라는 레스토랑이에요."

"……."

"현중 선배, 제 말 아시겠죠?"

그림까지 친절하게 그려가면서 설명했지만 현중은 그림만 뚫어지게 쳐다보면서 뭔가 고민하는 듯하더니,

"다시 한 번만 부탁해요."

"…네."

그렇게 장장 다섯 번의 설명이 이어지고, 처음에는 대충 길만 알려주던 약도가 어느새 웬만한 지도에 가까울 만큼 자세하게 그려졌다.

하지만,

"……."

"현중 선배?"

여전히 골똘히 생각하고 있는 현중의 모습에서 이선정이 뭔가 짚이는 게 있는지 조용히 입을 열었다.

"현중 선배, 혹시… 길치세요?"

"……."

아무 말 못하는 현중이었다.

현중은 처음 알았다. 자신이 길치라는 것을 말이다. 대륙으로 넘어가기 전에는 평범하게 정해진 길로만 다녔다. 아르바이트하는 곳과 집, 학교, 이렇게 세 군데였다. 생활비를 벌

어야 하니까 그건 당연했다. 대륙에서는 축지법으로 다녔다.

왜냐? 그게 빠르니까 그렇게 다닌 것이다.

그리고 지구로 다시 돌아왔다. 지구로 와서도 축지법으로 다니지 않으면 집, 학교만 다녔다.

즉, 한 번이라도 갔던 길은 기억을 잘하는 편인데 처음 가는 길은 정말 이상하리만큼 인식을 못하는 것이다.

그런데 이게 모두 현중의 능력 때문인 것을 어찌 알겠는가? 축지법으로 순간이동에 가깝게 움직이면서 다니니 길을 찾아서 다닐 이유가 없었다.

그리고 대륙에서는 모르는 곳엔 테른이 있었다. 마법도 있었다. 그러니 현중은 자신이 처음 가는 길을 잘 찾지 못하는 길치라는 것을 전혀 인식하지 못하고 있었던 것이다.

오늘 처음으로 알았다.

자신이 길치라는 것을.

"음, 그런 것 같군요."

"하아……."

너무나 허무하게 이선정의 말을 현중이 인정해 버리자 오히려 힘이 빠지는 건 이선정이었다. 보통 남자들은 길치냐고 물으면 허세와 함께 큰소리치면서 말도 안 된다고 난리치는데 현중은 그냥 아무것도 아닌 듯 인정해 버린 것이다.

"현중 선배, 몇 시까지예요?"

“음, 7시까지 오라고 하던데… 벌써 6시군요.”

설명만 한 시간 가까이 듣고 있었던 것이다. 그러다 보니 지금 바로 출발해야 도착할 수 있는 시간만 남은 상황이 되어 버렸다.

‘테른을 부를까, 그냥?’

현중은 자신이 길치라는 것에 대해서 전혀 이상하지 않았다. 몰랐던 것을 오늘 처음 안 것뿐이라는 것이 현중의 생각이다. 모르는 것을 알았으니 그건 당연했다. 하지만 이선정은 현중이 이상하게만 보였다.

남자 특유의 자존심도 없는 건가 하는 생각을 잠시 한 것이다.

하지만 일부러 아무렇지 않은 척하는 것은 아닐까 하는 의심도 했다. 하지만 현중은 정말 약도를 몇 번이나 보면서 고민하더니,

“가다 보면 길이 나오겠죠.”

말은 그렇게 했지만 맥라렌에 올라타고 나면 바로 테른을 부를 생각이었다.

그런데 그때 이선정이 한숨을 쉬면서 현중을 따라 일어서더니,

“선배, 그냥 제가 같이 가면서 알려 드리죠.”

“바쁠 텐데 저 때문에 굳이 그러지 않아도 됩니다.”

테른이 있으니 크게 곤란할 것도 없는 현중이라 정중하게
거절했지만,

"아니요. 저도 선배에게 저번 농구부 애들이 실례한 것도
있고, 그리고 소문의 맥라렌을 한번 타보게 되니까 손해 볼
건 없어요. 호호호! 가요, 선배."

이렇게 나오는 이선정의 말을 거부하기도 조금 그런 상황
이다.

사과의 의미로 길 안내해 준다는데 그걸 매몰차게 거절하
자니 조금 그랬기에 결국 현중은 이선정의 안내로 아르의 정
원이라는 레스토랑을 향해 움직이기로 했다.

"와우~ 이게 그 소문의 맥라렌이구나."

차의 내부를 보고는 정말 순수하게 감탄하는 이선정의 모
습에 약간은 새롭다는 느낌을 받은 현중이었다. 지금까지 맥
라렌을 탔던 여자들은 모두 연예인이거나 제법 위치가 있는
사람이라 이선정처럼 순수하게 맥라렌 자체를 보고 감탄해
준 사람이 없었기 때문이다.

"저기… 선배."

"왜 그러죠?"

"제가 몇 번째 여자예요?"

"네?"

갑자기 뚱딴지같은 말을 하는 이선정을 향해 되물어보자

뭘 모르는 척하냐는 듯한 표정으로,

"내가 이 맥라렌에 타는 몇 번째 여자냐구요."

"…그게 궁금합니까?"

현중은 정말 순수하게 궁금해서 물어보는 초롱초롱한 이선정의 눈동자를 보고는 여자란 참 별 게 다 궁금하구나 하는 생각밖에 들지 않았다. 그리고 굳이 숨길 이유도 없으니 말해 줬다.

"정확하게 세 번째입니다."

"오~ 생각보다 제법 낮은 숫자네요. 전 적어도 제가 서른 번째 정도는 되는 줄 알았는데……."

괜히 리액션을 취하면서 뒤쪽의 조수석에 앉는 이선정을 향해 고개를 한번 살짝 흔든 현중은 정말 여자란 알 수 없는 존재라는 생각이 들었다.

대륙에서도 그렇고 지구에서도 그렇고 여자란 존재는 참 이해하기 어려웠다.

"쿠션 죽인다!"

그리고 참 수다스러웠다. 아마 지금까지 현중이 태운 여자 중에 가장 수다스러운 사람이 이선정일 것이다.

아무튼 처음으로 현중은 자신의 차에 여자를 태운 것을 후회하는 날이었다.

설명을 따라 이동하는 동안 단 1분도 쉬지 않고 떠들어대면서 현중의 귀와 정신을 혼란스럽게 하는 이선정의 엄청난 수다신공은 지금까지 어느 정도 자신이 강하다고 생각했던 현중이 세상에는 전혀 다른 강함도 존재할 수 있다는 사실을 알려주는 계기가 되었다.

"여기예요. 시간도 6시 40분. 정확하죠?"

"…그러네요. 그보다 선정 씨는 어떻게 가시려는 거죠?"

그렇게 많이 벗어난 외곽 지역은 아니지만 지리를 모르는 현중이 보기에는 이선정이 다시 되돌아가는 게 문제였다.

"괜찮아요. 전 여기서 버스 타고 가면 돼요. 어차피 집에 가야 해서 버스 타는 건 같으니까요."

"버스가 다니는군요."

"네. 그건 그런데……. 현중 선배, 미팅인데 옷 그렇게 입고 가도 괜찮겠어요?"

이선정은 현중이 입고 있는 옷을 한번 보더니 노파심에서 한마디 했지만 그런 이선정을 보면서 현중은 뭐가 이상하냐는 듯 물었다.

"왜요? 지저분하나요?"

"아니… 그게 아니라 오늘 미팅이라면서요. 그런데 청바지에 그냥 티셔츠……. 최소한 깔끔하게 입지 않아요? 아, 차에 옷이 있을지도 모르겠군요."

"없는데요, 그런 거."

"정말요? 미팅인데요?"

현중은 미팅이 뭐 별것인가 하는 생각이었다. 과대표가 일부러 몇 시간 전에 알려준 이유는 집에 가서 멋진 옷으로 차려입고 오라는 뜻이었다. 그러나 엉뚱하게도 현중은 길 찾다가 그 시간을 다 보냈다.

거기다 애초에 현중은 옷을 갈아입어야 한다는 생각조차 없었다.

미팅 한번 해보지 못한 남자들이 가끔 저지르는 실수 중 하나이긴 하지만 말이다.

실제로 현중은 미팅 한번 해본 적이 없다.

왜냐고? 여자친구가 있는데 미팅을 왜 하겠는가? 아르바이트하기도 바쁜 생활을 했던 과거가 지금 이렇게 엉뚱하게 현중의 발목을 잡는 것이다.

"미팅이 그렇게 대단한가요?"

"아니… 그건 아니지만……."

이선정은 설마 미팅인데 옷을 저렇게 입고 간다는 것을 생각조차 못했기에 홀리듯 물어본 것이다. 그런데 의외의 대답에 잠시 어떻게 설명을 해야 할지 말문이 막혔다.

분명히 현중이 입은 옷이 잘못된 건 아니지만 미팅이 잡힌 날은 보통 쫘악 빼입고 오는 게 상식이다. 그녀가 말을 꺼낸 것을 후회하고 있는데, 이선정의 뒤쪽으로 중형 세단 하나가

미끄러지듯 들어오더니 문이 열리면서 젊은 남자가 내렸다.

"현중 선배! 헛?"

내려서 현중의 맥라렌을 알아보고 손을 흔들던 과대표는 순간 현중을 보고는 놀라서 말을 잃어버렸다.

"왔어?"

"선배! 옷은요?"

역시나 과대표도 현중의 옷차림을 보더니 급히 달려와 현중의 주변을 살폈다. 하지만 역시나 다른 뭔가가 없어 보였기에 다시 현중을 보면서,

"설마 시간도 여유있게 알려 드렸는데 그냥 오신 거예요?"

분명히 몇 시간 전에 강의실에서 봤던 옷차림 그대로라서 물어보자 당연하지 않느냐는 듯 고개를 끄덕이는 현중의 모습에,

"오, 지저스~!"

통한의 한숨을 내쉬는 과대표였다. 물론 현중은 왜 저렇게 한숨을 쉬는지 이해를 못했다. 대륙에서 100년을 살면서 옷차림 때문에 뭔가 제재를 받은 적이 없기에 지금 과대표와 이선정의 반응을 전혀 이해 못하고 있는 현중은 오히려 저렇게 과민반응을 보이는 둘이 이상했다.

"잠깐만요."

그는 급히 자신이 세워둔 세단으로 가더니 뒷좌석에서 뭔

가 뒤져서 들고 나왔다. 허리선이 강조된 세미재킷이었다.

"이건 왜?"

"우선 이거라도 걸치세요. 나중에 돌려주시면 되니까요. 우선 들어가죠. 늦진 않았지만 남자가 먼저 와서 기다리는 게 미팅의 예의거든요. 서둘러요."

과대표는 현중의 옷차림 때문에 옆에 이선정이 있었다는 것도 잊고 있었다. 그는 급히 현중을 데리고 아르의 정원 안으로 들어가 버렸고, 그런 현중과 과대표를 바라보던 이선정은 씨익 웃으면서,

"재미있는 사람이네."

정말 자신의 옷차림을 이상하지 않다고 생각하는 현중의 모습에서 그동안 자신이 알고 있던 모든 남자의 기본적인 상식이 적용되지 않는 남자를 처음으로 본 것이다.

보통 여자에게 잘 보이려는 남자는 옷부터 신경 쓴다. 자신이 노력한다는 것을 옷차림 하나로 어필하는 것이 기본 중의 기본이다.

특히나 지금처럼 미팅 같은 경우는 더더욱 옷차림 하나로 그 사람이 평가된다. 중요한 자리일 수밖에 없지만 현중은 오히려 귀찮은 곳에 온 것 같은 표정이 아닌가?

"뭐 나중에 아버지께 데리고 가지, 뭐. 신문부 부장처럼 들러붙어 떼써봐야 안 좋은 인상만 남길 테니까."

농구부 코치인 아버지에게서 현중을 데리고 와달라는 부탁을 받았지만 서두를 생각은 없었다. 이미 신문부 부장이 어떻게 현중을 귀찮게 했는지 아는데 자신도 똑같이 다가갔다가는 단칼에 거절당할 게 뻔하기 때문이다.

한편 이렇게 현중을 데리고 레스토랑으로 들어간 과대표는 즉시 입구에서 일행을 찾았고, 곧바로 자리로 향했다.

남자는 현중까지 모두 다섯 명, 여자도 모두 다섯 명이었다.

그리고 여자들 사이에 독보적인 미모를 자랑하는 여인이 있는데, 그녀가 바로 천유화였다. 물론 이미 TV를 통해서 본 적이 있기에 한 번에 알아봤지만 어차피 과대표가 부탁해서 온 거라 현중은 여자들을 보고도 시큰둥했다.

하지만 가장 늦게 들어온 현중은 오히려 늦게 들어오는 바람에 이미 도착해서 기다리고 있던 K대 여학생들의 모든 시선을 받게 되었다.

"와……!"

"소문 이상이네."

"정말이야."

현중을 처음 만나본 여학생들은 외모와 함께 몸매를 시작으로 느껴지는 분위기까지, 완전 지금까지 보아오던 남학생과 다르다는 것을 직감적으로 느꼈다.

이미 미팅이라면 수십 번을 기본으로 해본 여자들만 나온 상황이라 어느 정도 현중에 대해서 사전에 정보를 알고 있었다.

원래 이번 미팅은 천유화가 현중을 보고 싶다고 해서 이루어진 미팅이다.

물론 천유화 빼고 나머지 여자들은 모두 그냥 심심해서 나온 거다. 현중의 소문은 들었지만 이미 N대 김주현이라는 녀석 때문에 현중도 소문만 무성했지 실제로는 김주현 정도겠지 생각했다. 하지만 직접 현중을 만나본 이 순간 그런 생각이 한순간에 모두 날아가 버렸다.

미팅이라고 별다를 게 없었다. 현중이 미팅을 해본 적이 없기에 모르는 것도 있지만 요즘 추세는 빠르고 간편하고 서로 마음만 맞으면 만난 지 몇 분 만에 파트너를 정해서 사라지는 것도 다반사였다.

과대표는 곧바로 자신을 포함해서 다섯 명의 소지품 하나씩 작은 걸 꺼내 놓으라고 했고, 각자 미리 준비라도 한 듯 간편하면서도 서로 중복되지 않는 소지품을 꺼냈다.

그런데 여기서 또 문제가 생겼으니 바로 현중이다.

“선배, 준비한 거 없어요?”

“응.”

“아, 곤란한데. 뭐 아무것이라도 상관없는데요. 그냥 크기가 작기만 하면 돼요."

물론 과대표의 말대로 크기가 작다고 되는 건 아니다.

작으면서도 나중에 여자가 골랐을 때 자신이 어느 정도의 매력이 있고 능력이 있다는 것을 보여줘야 하는 첫 관문이 바로 소지품 잡기라서 이미 각자 제법 비싸 보이는 것을 준비한 상태였다.

"이거뿐인데……."

현중이 그나마 주머니를 뒤지다가 꺼낸 것이 바로 지갑이었다. 원래 현중은 그냥 군대 가기 전부터 쓰던 낡은 가죽 지갑을 쓰고 있었다. 보통 남자들은 지갑 하나 사면 5~10년은 쓰는 사람들이 제법 많은 편이라 아무렇지 않았지만 테른이 굳이 홍지연이 선물해 준 것을 계속 쓸 필요가 없다면서 100% 가죽으로 만들어진 지갑 하나를 꺼내주었다. 지갑 한쪽 구석에 작게 찍혀 있는 이니셜 같은 마크가 낯익었다.

물어보니 역시나 샤넬이라고 했다. C 영문이 서로 앞뒤로 겹처 있는 모양은 샤넬밖에 없으니 아무리 메이커를 모르는 현중이라도 홍지연과 사귈 때 똑같은 이니셜이 있는 쇼퍼백과 손가방을 본 적이 있었다.

뭐 지갑이야 비싸봐야 얼마나 비싸겠냐 하는 생각으로 현중은 그냥 받아서 쓰는 중인데 사실 이 지갑은 좀 특별했다. 소량 생산된 것으로, 실제 생산된 개수는 100개였다. 모두 샤넬 공방의 장인들이 샤넬 창립자인 소뮈르에 가브리엘 샤넬이 태어난 1883년에서 딱 100년째 되는 1983년도에 만들어낸 것으로, 판매용으로 만들어진 것이 아니라 선물용이었다.

하지만 어떻게 된 사연인지는 모르지만 실제로 주인을 찾은 것은 99명이었고, 1개의 지갑이 남아 있던 것을 우연히 칼리조 석유 회사 문제로 인도에 가 있던 중 경매에 나온 것을 테른이 산 것이다.

즉, 알아보는 사람이 없을 정도로 보기에는 평범하지만 그 내력과 만들어진 역사를 알면 결코 평범한 지갑일 수가 없었다.

"샤넬에서 이런 지갑도 나왔었나?"

과대표는 현중의 지갑을 보고는 샤넬 제품이라는 걸 단번에 알아봤다. 자신이 알기로 샤넬에서 남성 지갑을 생산한 지 얼마 되지 않아서 디자인이 몇 가지 없기에 충분히 시중에 판매되는 제품인지 구분이 가리라 여겼다.

하지만 아무리 봐도 샤넬이라는 로고 외에는 특별할 게 없는 현중의 지갑에 설마 짝퉁인가 하는 의심을 했지만 곧 머릿속에서 지웠다.

'설마 25억짜리 차를 타고 다니는 선배가 짝퉁을 쓰겠어. 국내에는 소개되지 않은 제품인가 보네.'

그냥 국내 출시되지 않은 디자인인가 보다 하고 생각했을 뿐이다.

그렇게 다섯 명의 소지품이 탁자 위로 올라오자 여자들의 눈동자가 활기를 띠면서 살펴보기 시작했다. 그러던 중 유독 탁자 가운데 올라와 있는 지갑이 눈에 띄었다.

'아직도 지갑을 올리는 사람이 있네. 푸풋, 웃겨.'

'뭐야? 샤넬? 첨 보는 건데? 짝퉁인가?'

'못 보던 샤넬 지갑이네. 본 적이 없는데… 가짜인가?'

'가짜군. 쩝. 어디 우리 앞에 짝퉁을 내밀고. 나 참.'

천유화를 제외한 네 명의 여자들은 이미 국내를 넘어 외국의 메이커와 신상 디자인까지 모두 외우고 다닐 만큼 해박한 지식을 자랑하는 사람들이었다. 그래서 현중의 지갑을 보자마자 샤넬의 메이커를 흉내 낸 이미테이션으로 생각해 버렸다.

사실 샤넬과 루이비통은 세계적으로 유명하고, 특히나 일본과 한국의 명품 사랑이 어느 정도인지 다 알 정도로 유명하다. 그렇기에 일본은 그나마 덜하지만 한국은 가짜 명품, 즉 이미테이션 제품이 실제 길을 가다 만나는 명품의 60%를 차지할 정도로 많다는 이야기를 들은 적이 있다.

그리고 최소한 이미테이션은 시중에 나와 있는 모델을 그대로 똑같이 만드는 게 기본인데 현중의 지갑은 아무리 봐도 똑같은 것이 없었다. 거기다 한쪽 구석에 샤넬의 로고만 찍혀 있을 뿐 그 어떤 특징도 없기에 다들 단번에 짝퉁으로 점찍어 버렸다.

하지만 현중의 지갑을 보는 다른 시선이 있었으니,

'의외네. 저걸 가지고 있는 사람이 있다니…….'

천유화는 이미 세계적으로 피아니스트 독주회를 열기 위해 국내보다는 국외에서 지내는 시간이 많았다. 당연히 현중의 지갑을 본 적이 있었다.

옆의 여자들이야 이미 현중의 지갑에서 흥미를 잃어버린 듯하지만 천유화는 오히려 흥미를 가지고 지갑을 보면서 슬그머니 현중을 바라봤다.

"……."

무심하게 창밖을 보고 있는 현중의 모습에 혹시나 지갑이 현중 것인지 눈치껏 알아내려고 했던 것이 불가능해지자 그녀는 잠시 고민하기 시작했다.

그리고 나머지 네 명도 같이 고민했다.

"자~ 그럼 여성 분들께서 마음에 드는 물건을 잡으시면 됩니다."

과대표는 이미 이런 미팅 주선을 많이 해본 듯 능숙하게 여자들이 충분히 고민할 시간적 여유를 주고는 손을 올리더니,

"다섯 셀 때까지 다 잡으세요. 안 그러면 파트너 없는 겁니다. 그럼, 하나, 둘, 셋, 네엣, 다섯!"

과대표의 입에서 다섯이라는 말이 떨어지기가 무섭게 천유화를 제외한 네 명의 여자는 중앙에 있는 현중의 지갑만 빼고 모두 집어가 버렸다.

그리고 가장 마지막에 천유화가 느긋하게 손을 뻗어 현중의 지갑을 집어 올리자 비로소 미팅의 가장 하이라이트인 파트너 정하기가 끝났다.

"뭐야?"

"헐."

"말도 안 돼."

"정말?"

파트너를 정한 뒤에 각자 물건의 주인을 밝히는 자리에서 여자들은 각자의 소지품이 현중이기를 간절히 기도했다. 그런데 설마 자신들이 짝퉁이라고 생각했던 지갑의 주인이 현중일 줄은 몰랐는지 다들 허탈해하는 반면 천유화는 살며시 웃으면서 지갑을 현중에게 돌려주었다.

"이 지갑 가진 사람을 할아버님 빼고 볼 줄은 몰랐네요."

넌지시 지갑에 대해서 아는 척하자 현중은 고개를 갸웃거리면서,

"지갑이요? 아, 이건 선물받은 겁니다."

"그래요? 그보다 이제 파트너를 정했으니 서로 각자 흩어지는 건 아시죠?"

이미 과대표에게 들은 게 있으니 현중은 고개를 끄덕이면서 가장 먼저 일어서 천유화와 같이 나왔다. 밖으로 나온 천유화는 역시나 현중의 차를 알아보고는,

"저게 국내에 하나밖에 없다는 그 차로군요."

"뭐 어쩌다 그렇게 됐죠."

현중이 자랑하거나 떠벌리는 것 없이 별 반응이 없자 천유화의 눈빛이 살짝 변했다. 저번에 만났던 김주현이라는 녀석은 노란 람보르기니를 타고 와서는 차 자랑만 10분을 넘게 하면서 으스대서 한숨만 나오게 했다. 그에 비하면 현중은 전혀 다른 것이다.

"어디 가고 싶은 데라도 있으신가요?"

현중이 예의상 물어보자 천유화는 살짝 입가에 미소를 띠면서,

"사실 미팅이 끝나면 바로 가야 했거든요. 미국에서 독주회를 열기로 해서요. 그게 일정이 좀 당겨지는 바람에. 미안해요."

미팅으로 만나자마자 파트너가 가야 한다고 하자 현중은 잠시 천유화를 물끄러미 바라보다가,

"뭐 사정이 그렇다면 어쩔 수 없죠. 그럼 공항으로 가시나요?"

"네. 인천국제공항으로 가주세요."

인천국제공항이면 2001년 3월에 개항식을 하고 현재 국내에서 가장 큰 국제공항이다. 이제 개항식을 한 지 한 달도 채 지나지 않았지만 이미 인천국제공항으로 사람이 몰리고 있고 외국은 무조건 인천국제공항에서 타야 한다.

"타시죠."

현중은 맥라렌에 천유화를 태우고 곧바로 인천국제공항 쪽으로 향했다. 그나마 길이 시원하게 뚫려 있고 표지판이 잘되어 있어 찾아가는 건 어렵지 않았다.

다만 현중과 천유화가 떠나는 모습을 지켜보던 남은 인원 중에 남자들은 자신의 물건을 천유화가 선택해 주길 바랐다가 실망했고, 여자들은 맥라렌에 올라타는 천유화의 모습에 부러워했다.

Chapter 03
암살

"고마워요."

천유화가 싱긋 웃는 얼굴로 공항 입구까지 태워준 현중에
게 인사했다. 현중은 고개만 끄덕이고는 살짝 웃어 보인 뒤
그대로 차 문을 내려 버렸다.

"어머?"

부아앙~

뒤도 안 돌아보고 그대로 차를 출발해 버리는 현중의 모습
에 천유화는 잠시 멍하게 바라보다가 곧 웃었다.

"정말 소문대로네."

　도대체 무슨 소문을 들었는지 모르지만 천유화는 현중이 미팅 파트너를 대충 공항 입구까지만 데려다 주고 사라지는 모습에 웃기만 했다.

　사실 지금 현중은 천유화는 아랑곳없는 상황이었다.

　천유화를 데려다 주기 위해 인천국제공항으로 차를 몰고 가는 도중 가슴이 아리듯 아파와 순간적으로 테른에게 무슨 일이 생겼다는 생각이 들었다.

　하지만 대로변에 천유화를 그냥 놓고 달려갈 수는 없었다.

　그러다 보니 우선 공항 입구에 데려다만 주고 곧바로 차를 몰고 빠져나온 것이다. 이렇게 사라진 현중의 행동을 본 천유화는 웃을 수밖에 없었다. 설마 자신 앞에서도 저렇게 무신경하게 행동하는 사람이 있을 줄을 몰랐기 때문이다.

　과대표가 분명히 자신이 누구인지 이야기했을 것이다. 그렇다면 잘 보이려 애써도 시원찮을 판에 공항에 데려다주고는 나 몰라라 사라지는 모습이 어떻게 보면 정말 매너 없는 남자로 비춰질 수도 있다. 하지만 이미 현중에 대해서 대충 알아본 천유화는 제멋대로에 매너 없는 남자라는 생각은 들지 않았다.

　그리고 직접 만나본 현중은 좋은 차를 가지고 있다고 으스대거나 잘난 척도 하지 않았다.

　한마디로 이번 미팅에 억지로 끌려 나왔다는 느낌을 받은 것이다.

거기다 현중은 무신경한 사람일 뿐이라는 인상을 강하게 심어준 것이 바로 파트너 정할 때 현중이 꺼낸 지갑이었다.

현중이 지갑이 어떤 건지 정말 알고 있다면 이런 미팅 자리에서 꺼내지 않았을 것이다. 그건 선택받은 100명에 들어간다는 것이라 의외로 지갑의 존재를 아는 사람들끼리는 일종의 명함 같은 역할도 했다.

비즈니스를 하기 위해서는 꼭 사람을 만나야 하고, 그러다 보면 돈을 쓰게 된다. 그리고 돈을 쓰게 되면 자연스럽게 지갑을 꺼내야 한다.

그렇게 꺼낸 지갑이 샤넬의 한정 지갑인 것을 알아본다면 상대도 그만한 위치에 있다는 말이 되는 것이다. 그럼 서로 공통적으로 뭔가 통하는 게 생기게 마련이다.

결론적으로 한정품 지갑 하나도 비즈니스로 연결되는 셈이다. 만약에 현중이 야망이 있고 계산적인 사람이라면 미팅을 하는 자리에 지갑을 꺼내는 행동을 했을 리가 없다고 자기 스스로 생각해 버린 천유화였기에 결론적으로 현중은 무신경하고 무뚝뚝한 남자일 뿐이라고 판단한 것이다.

물론 이 모든 생각이 천유화 혼자만의 판단이다. 하지만 결론적으로 현중의 성격을 파악하는 데는 맞는 판단을 내리긴 했다.

모로 가도 서울만 가면 된다는 말이 있듯 과정이야 어찌 되었든 현중의 성격을 파악하는 데는 성공했으니까 말이다.

"다음에는 개인적으로 만나보고 싶네."

천유화는 처음으로 남자에게 호기심이 생겼다는 것에 스스로를 향해 피식 웃으면서 몸을 돌렸다. 우선 독주회가 열리는 미국을 가는 게 먼저였고, 현중이 어디로 떠나는 건 아니었으니까 말이다.

한편 천유화가 무슨 생각을 하든 말든 관심이 없는 현중은 곧바로 집으로 돌아와 맥라렌을 세워두고 축지법으로 바로 거실로 들어왔다.

"없군."

혹시나 집안에 있을까 싶어서 와봤지만 테른이 없었다. 거실 소파 위에는 작곡 때문에 고심을 했는지 악보가 가지런히 놓여 있고, 그중에 두 장의 악보가 보였다.

"이건?"

악보를 집어 든 현중은 눈에 익은 선율에 악보를 전체적으로 살펴본 결과 역시나 자신도 잘 아는 노래였다.

"드워프들이 부르던 노래군."

사람들은 엘프들이 노래를 잘 부르고 좋아한다고 알고 있지만 실제로 대륙에서 살아본 현중이 본 것은 정반대였다.

엘프들은 노래를 부르긴 하지만 의식이나 행사가 있을 때만 부를 뿐 개인적으로 부르는 것을 본 적이 없었다. 물론 마족 때문에 엘프들의 숫자가 1,000명 이내로 줄어들어 버린 것도 있고 전시인 것을 생각하면 마음의 여유가 없으니 이해는 됐다.

그와 반대로 드워프들은 맥주를 마시면서 자연스럽게 노래를 부르고, 망치질하면서 흥얼거리듯 노래를 부르고, 마족과 일전을 앞두고 있을 때도 서로 발을 땅에 구르면서 박자에 맞춰 노래를 불렀다.

단순히 한 곡만 계속 부르는 게 아니라 각각 상황과 기분에 따라 부르던 곡만 무려 100곡이 넘었는데 그게 개인마다 다 달랐다.

노래라면 드워프를 찾아라 하는 말이 대륙에서는 하나의 공식처럼 이어질 만큼 노래를 좋아하는 종족이 바로 드워프였다.

하지만 테른이 악보에 적은 선율은 드워프들이 부르던 노래를 그대로 옮긴 것이 아니라 테른 나름대로 편곡을 한 상태였다.

"확실히 테른이 일을 맡기면 잘한다니까."

이미 두 곡이 완성 상태인 것을 확인했다. 하지만 여전히 아려오는 가슴 통증 때문에 결국 악보를 내려놓고 집 안을 뒤졌으나 테른을 찾을 수가 없었다.

집에 테른이 없자 현중은 뭔가 잘못되었다는 느낌이 들었다. 영혼의 계약으로 이어진 테른을 느끼려고 했지만 이상했다. 테른이 있는 곳을 현중이 찾지 못할 리가 없다. 영혼이 연결되어 있는 한 서로가 어디에 있든 금방 찾을 수 있기 때문이다. 하지만 지금 현중은 테른을 찾으려고 하면 무언가 뿌연 안개에 둘러싸인 듯 흐릿하게만 느껴졌다. 정확하게 테른이 있는 지점이 느껴지는 게 아니라 그냥 어느 지역쯤이라고 느껴지는 것이다.

“멀군. 인도라…….”

테른의 느낌이 마지막으로 사라졌던 지점을 찾은 현중은 인도라는 것을 알고는 한숨을 내쉬었다.

“녀석, 힘들 것 같으면 나에게 말하라니까.”

대충 지금 테른이 어떤 상황인지 짐작이 간 현중은 결국 혼자서 처리하려다가 일이 잘못되었을 것이라고 생각했다.

아직 테른은 봉인이 1단계였다. 안개화 능력이 있다면 충분히 그 어떤 곳에서도 빠져나올 수 있는 상황인데 현중과 연결이 끊어졌다는 것은 안개화 능력으로도 안 된다는 말이 되었다.

“후훗, 누굴까? 테른을 이 정도로 몰아넣을 수 있는 존재가 있다니 말이야.”

사실 지구로 와서 마스터를 만났을 때도 전혀 예상하지 못했던 일이다.

그런데 이제는 현중과 테른의 연결을 끊을 정도의 존재가 있다는 건 오히려 현중에게 흥미를 불러일으키고 있었다.

테른이 죽는다? 그런 일은 절대 없다. 테른은 마족 서열 50위다. 거기다 현중과 영혼의 계약으로 종속이 된 상태다. 영혼의 종속은 신의 이름으로 하는 계약이다. 말 그대로 영혼 자체가 현중에게 종속되는 것이라 테른은 죽고 싶어도 죽을 수 없었다.

그리고 진조 혈족을 소멸시킬 수 있는 존재는 대륙에서도 마왕급에 달하는 능력이 있지 않는 한 힘들기에 테른이 그냥 잡혀 있을 것이라고 생각했을 뿐이다.

다만 현중이 쉽게 찾지 못하는 것이 신기했지만 말이다.

"그럼 가봐야지."

현중은 대충 인도 쪽인 것을 확인하고는 축지법으로 이동하려는 순간,

오빠~ 전화 받아~ 오빠~ 전화 받아~

주머니에 있는 휴대폰이 울렸다.

"누구지?"

잠시 축지법을 멈추고 휴대폰을 꺼내보니 마리아에게서 온 전화였다.

딸각!

“여보세요.”

[현중 씨, 지금 집인가요?]

“네, 그런데요.”

[지금 당장 집에서 빠져나오세요!]

“응? 그게 무슨 소리죠?”

[그게… 우선 자세한 이야기는 나중에 할게요. 현중 씨를 암살하기 위해서 인도 쪽에서 사람들이 들어왔어요.]

그 말에 고개를 갸웃거렸다.

“왜 저를 암살한다는 거죠?”

[자세한 건 나중에 제가 설명 드릴게요. 혹시 지금 그대로 빠져나와서 제가 있는 곳으로 오실 수 있겠어요? 어딘지는 굳이 말하지 않아도 아실 테니까요.]

“뭐, 그건 상관없습니다.”

축지법으로 그냥 이동하면 되니까 말이다.

현중은 통화하면서 인도 쪽으로 가려던 방향을 돌렸다. 지금 통화하고 있는 마리아의 느낌을 느끼려고 잠시 집중하더니 곧바로 그곳을 향해 한 걸음 내디뎠다.

스르륵.

오른발이 바닥에 닿는 순간 현중은 사라졌다.

그리고 다시 나타난 곳은 마리아 바로 앞이었다.

“꺄악!”

“저를 찾지 않았나요?”

현중이 눈앞에 나타나자 마리아는 여성 특유의 비명을 지르면서도 순식간에 5m가량 뒤로 빠르게 물러났다. 이미 단전의 내공까지 활성화시켜 둔 상태였다.

“…현중 씨?”

“네. 오라고 해서 왔습니다만…….”

“어, 어떻게 오신 거예요?”

지금 자신이 있는 곳은 템플재단 한국 지부의 건물 중심 중에서도 가장 중심에 있는 곳이다. 이곳을 오기 위해서는 강력한 철문만 세 개에 인원만 200명이 되는 경비를 뚫고 들어와야 한다. 그런데 현중은 눈앞에 있었다.

“그냥 걸어왔죠.”

씨익 웃으면서 아무렇지 않게 말하는 현중을 보던 마리아는 활성화시킨 마나를 다시 갈무리하고 미소 지었다.

“당신이란 사람, 정말 알 수가 없군요.”

아마 물어봐도 말해주지 않을 것이라고 생각한 마리아는 대충 스스로 결론 내려 버렸다. 현중의 성격이 원래 저랬으니까 말이다. 하지만 현중은 물어보면 지금까지 웬만해서는 대답을 해주었다. 다만 상대가 알아듣지 못할 뿐이다.

“그런데 저를 암살한다는 말이 무슨 말이죠?”

테른도 갑자기 연락 두절된 상태에서 마리아에게 들려온

암살 소식은 아무래도 연관이 있다고 생각한 현중이다.

"사실 우연히 저희 쪽 사람이 인천국제공항에서 봄베이 암살단원으로 보이는 사람들을 발견하면서부터 시작된 거예요."

"봄베이 암살단원?"

처음 들어보는 말에 현중이 고개를 갸웃거리자 마리아는 역시나 현중이 알고 있을 것이라고는 생각지 않았는지 설명을 시작했다.

"세계적으로 유명한 마피아, 삼합회, 야쿠자는 알고 있죠?"

"뭐 그거야 영화나 만화, 소설만 봐도 흔하게 나오는 거라 잘 알죠."

액션 영화의 단골 소재이고 청소년들에게 쓸데없는 환상을 심어주는 게 바로 마피아, 야쿠자, 삼합회다.

"하지만 그것들은 이미 너무 알려져 있기도 하지만 폭력으로 돈을 번다는 목적이 있어요. 하지만 인도 봄베이 암살단은 그 탄생 배경부터가 달라요."

"탄생 배경부터라니?"

"인도 봄베이 암살단은 처음부터 암살을 위해 생겨난 집단이에요. 그것도 오로지 돈으로만 움직이는 암살단이에요."

이것을 시작으로 마리아는 암살단의 탄생 배경부터 역사, 암살단이 입국한 것과 현중이 왜 위험한지 설명을 해주었다.

오히려 황당한 것은 현중이었다.

"그러니까 칼리조라는 녀석이 봄베이 암살단에게 저를 죽여 달라고 했단 말이군요."

"네. 현중 씨에게 전화를 걸기 바로 전에 확인해서 연락드린 거예요."

"음, 칼리조라……."

역시나 현중의 예상대로였다. 칼리조가 조용히 앉아서 지금 버는 돈으로 만족할 리가 없었다. 하지만 인도에 그런 암살단이 있을 줄은 몰랐다.

마리아의 이야기를 들어보니 세계적으로도 꽤나 유명한 암살 집단인 것이다. 거기다 특이하게 총을 쓰지 않기로 유명하다고 한다.

흔적을 남기지 않고 조용히 움직이면서 상대가 눈치채지 못하는 사이에 암살에 성공하는 집단, 그들이 바로 봄베이 암살단이었다.

"그렇다면… 인도에 있는 게 확실하겠군."

마리아의 이야기까지 종합해 본 결과 테른은 인도에 있는 게 확실했다. 그렇다면 더 이상 뭘 기다리겠는가?

"정보 고마워요."

"뭘요. 스승님께 기연을 가져다주신 것에 비하면 아무것도 아니죠. 그보다 어떻게 하실 거예요? 원하시면 저희 재단에서 인도로 보내 드릴 수도 있는데요."

이미 현중이 인도로 갈 것임을 예상이라도 한 듯 말하는 마리아의 물음에 현중은 웃으면서 고개를 젓더니 다른 걸 부탁했다.

"혹시 GPS가 되는 휴대폰 있나요? 이왕이면 위성 전화면 더 좋겠는데. 크기는 작은 걸로."

"GPS 위성 전화요? 뭐 그거라면 잠시만요."

방을 나간 마리아가 조금 뒤에 가지고 온 것은 폴더 형태의 일반 휴대폰이었다.

"이건 이번에 영국에서 개발한 건데 오차 범위가 최대 50cm로 최신 고성능 GPS를 장착한 위성 전화예요. 개별적으로 위성이 따로 배당되어 있는 위성 전화로 모두 스무 개가 있는데 그중 하나예요. 세계 어디서든 전화가 가능한 데다 단축키 1번을 누르면 곧바로 저와 연락이 돼요."

"그래요? 좋은 거겠죠?"

오차 범위가 최대 50cm GPS가 있다는 것이 얼마나 앞선 기술인지, 2001년도 현재 오차 범위가 가장 적은 GPS라는 것을 현중은 알지 못했다. 그냥 왠지 거창한 것이 좋아 보일 뿐이었다.

"좋은 거예요. 그리고 지하 2층 깊이까지도 추적이 가능한 거예요. 그보다 이건 왜 필요하신 거죠?"

"이제 갈 곳의 정확한 위치를 알고 싶어서요. 금방 쓰고 돌려드리죠."

현중이 받아 든 위성 전화를 주머니에 넣으면서 말하자 마리아는 고개를 저으면서,

"아니요. 원래 현중 씨에게 주려고 남겨둔 거예요. 그러니 그냥 그대로 쓰셔도 돼요."

"저에게?"

"네. 스승님의 지시가 있었어요. 그건 미국과 영국이 합작해서 만든 거라서 스승님의 입김이 좀 닿은 상태거든요. 그보다 한 시간 뒤에 인도로 출발할 수 있게 준비할게요. 잠시 쉬세요."

현중이 인도로 바로 향할 것이라고 생각한 마리아가 움직이려고 하자 현중은 웃었다.

"그럴 필요 없어요."

"네?"

"세상 어디든 누구든, 나와 나의 부하를 건드린 녀석들을 청소하는 데 도움받을 정도는 아니거든요. 그럼 이만."

그냥 간단하게 마지막 말을 남기고 현중은 마리아가 보는 앞에서 사라져 버렸다.

그런 현중의 모습을 본 마리아는 놀라서 입이 벌어진 것도 느끼지 못했다.

"세상에, 저게 뭐야? 도대체……."

띠리리리리! 띠리리리리리!

놀라서 멍하니 있는 마리아의 손에는 현중에게 주었던 위성 전화와 똑같은 휴대폰이 들려 있었고, 그것이 방금 울기 시작했다.

"여보세요?"

[저예요. 현중. 지금 제 위치가 어디쯤인지 알려줄 수 있나요?]

"네? 자, 잠시만요."

황급히 현중의 전화를 받은 마리아는 급히 지하 1층으로 내려갔다.

본부의 지하 1층에는 위성으로 정보를 받아서 처리하는 시설이 구비되어 있었다. 마리아가 들어서자 페이토가 급히 일어서면서 인사했다.

하지만 마리아는 페이토의 인사를 받지도 않은 채 곧바로 지시했다.

"페이토, 빨리 NO.15 추적해 봐."

"네, 알겠습니다."

페이토가 급히 컴퓨터를 몇 번 두드리자 곧 위성 신호가 감지되었고, 금방 신호를 포착했다.

"NO.15 위성 신호는 현재 인도 마하라시트라주 동쪽 끝에서 신호가 잡히고 있습니다.”

“뭐? 인도?”

“네, 마스터.”

“말도 안 돼.”

마리아가 방금 페이토에게 신호 추적을 시킨 것은 바로 현중에게 주었던 위성 전화의 넘버였다. 방금 전까지 자신과 이야기하던 현중이 순식간에 인도에 가 있다니. 거기다 정확하게 봄베이를 주도로 사용하고 있는 마하라시트라주에 도착해 있었던 것이다.

인도는 미국과 같이 합중국 형태를 취하고 있는 곳이다. 여러 주로 나뉘어 있고 그 주마다 수도 역할을 하는 주도가 있었는데, 마하라시트라주의 주도는 바로 봄베이였다. 그리고 봄베이는 바로 조금 전 마리아가 말했던 암살단의 본거지가 있는 곳이기도 했다.

“현중 씨.”

[네, 말하세요.]

“현중 씨는 현재 인도 마하라시트라주 동쪽 끝에 있어요. 그대로 서쪽으로 가면 주도인 봄베이가 나올 거예요.”

[그래요? 고마워요.]

딸각!

현중이 전화를 끊어버리자 마리아의 시선은 위성 신호가

잡혀 깜빡거리고 있는 모니터의 지도에 집중되었다.

"마스터, 방금 현중님이었습니까?"

이미 현중은 탬플재단 내에서 현중님으로 신분이 상승되어 있는 상황이었다.

"그래. 그보다 NO.15의 위성 이동 경로를 표시해 봐."

"네, 마스터."

페이토는 무슨 영문인지 모르지만 몇 번 키보드를 두드리자 지도에 다시 하나의 붉은 점선이 표시되었다. 그것을 본 페이토는 고개를 갸웃거렸지만 마리아는 한숨을 내쉬었다.

"이게 오작동인가? 어떻게 일직선으로 연결되지? 그것도 불과 움직인 시간이 2초라니……. 마스터, 잠시만 확인 좀 해 보겠습니다."

페이토가 보여준 지도에는 한국과 인도 사이에 자를 대고 그어놓은 듯 일직선으로 붉은 점선이 나타나 있었다. 그 옆에 2초라는 이동 시간이 표시되어 있었다.

한국에서 인도까지 일직선으로 이동하는 것도 불가능하지만 이동 시간이 2초라는 것에 페이토는 기계 오작동으로 판단한 것이다.

하긴 실제로 비행기를 타고 이동해도 최소 열두 시간이 걸리는 거리다. 거기다 비행기도 일직선으로 인도까지 가지 못한다. 무엇보다 위성 추적으로 나타난 현중이 서 있는 지점은

공항도 없었다. 즉, 비행기를 타고 이동한 게 아니라는 말이다.

"페이토, 됐다. 하지 않아도 돼. 오작동 아니니까."

"네? 그게 무슨……."

지금 모니터에 표시된 것은 도저히 말이 되지 않는다고 말하고 싶었다. 하지만 마리아는 한숨과 함께 오히려 입가에 미소를 지어 보이면서,

"현중 당신은 정말… 능력이 아직 얼마나 많이 남은 건가요."

한국에서 인도까지 이동하는 데 2초라는 시간은 결코 불가능했다. 지금 그 어떤 기술로도. 하지만 현중은 아무것도 아닌 듯 해냈고, 몇 번을 살펴봐도 현중은 지금 인도에 있었다. 그렇기에 마리아는 웃음밖에 나오지 않는 것이다.

스승인 베이스퍼가 했던 말이 다시 그녀의 뇌리에 떠오르는데,

"스승님, 설마 당신께서는 그가 이런 능력까지 있다는 걸 알고 계셨습니까?"

그렇게 허탈한 마음을 뒤로한 채 마리아는 정보실을 나와 다시 자신의 방으로 돌아갔다.

한편 인도에서 마리아에게 현재 위치를 정확하게 들은 현

중은 여전히 시선을 정면에 두고 있었다.

"텁텁하군."

인도의 공기를 마셔본 현중의 첫 느낌이었다.

서울의 공기와 확실히 다른 공기를 마신 것만으로도 외국이라는 것을 느낄 수 있었다. 무엇보다 터번을 둘러쓴 남자들이 지나가면서 현중을 힐끔 쳐다볼 때도 느껴졌다.

"서쪽이랬지?"

마리아가 준 휴대폰은 보기에는 보통의 폴더 모양의 휴대폰이지만 폴더를 여는 순간 완전 다른 종류라는 것을 알 수 있다. 모든 언어가 영어로 되어 있고 뚜껑에 해당하는 부분이 액정의 전부였다. 웬만한 폴더형 휴대폰의 액정 두 배는 되어 보이는 크기에 GPS 현재 좌표와 3차원으로 표시되는 나침판은 기본이고 현재 온도와 습도까지 자세하게 표시되어 있어 서쪽을 찾는 건 쉬웠다.

"고마워해야 하나."

한눈에도 제법 비싸 보이는 휴대폰을 그냥 준 것이 살짝 미안했지만 이런 거야 나중에 부탁 하나 들어주면 된다고 생각했다.

어차피 마리아와 인연을 맺은 이상 서로 필요에 의해서 돕고 돕는 사이가 현재의 마리아와 현중의 관계였기에 별 부담을 가지지 않았다.

"그보다 이놈의 안개 같은 것이… 거슬리는군."

축지법으로 당장 이동하고 싶어도, 근처까지는 가능해도 테른이 있는 곳으로 바로 가는 건 불가능했다.

"누굴까. 영혼의 계약으로 맺어진 나와 테른 사이에 훼방을 놓을 정도의 능력이라니 말이야."

대륙에서도 테른과 현중의 사이에 누가 끼어든 적이 몇 번 있긴 했다. 하지만 그건 모두 서열 10위 안의 마족들이 훼방을 놓았기 때문이다. 하지만 지금처럼 막연하게 위치는 잡히는데 자세하게는 어딘지 알 수가 없을 만큼 안개가 낀 듯 방해하는 것은 처음이다.

"술법인가? 아니면… 마법인가?"

아직 주 외곽이라 봄베이 쪽으로는 한참이나 더 가야만 했다. 그렇기에 현중은 최대한 느껴지는 곳까지 이동하기로 하고 슬그머니 존재감을 지우기 시작했다.

스르륵.

보이지 않는 바람이 스치듯 지나가고 난 뒤에 현중은 그 자리에 서 있지만 서 있지도 않는, 존재하지만 존재하지 않는 상태로 변했다. 그리고 오른발을 한 걸음 내디디면서 축지법으로 사라져 버렸다.

그렇게 사라진 현중이 다시 나타난 곳은 봄베이 바로 근처였다.

봄베이에 도착한 현중을 가장 먼저 반긴 것은 바로 지독한 향 냄새였다.

"향신료의 나라라는 인도답네."

코를 자극하는 강한 향신료가 봄베이 전체를 뒤덮고 있는 것 같았지만 토할 만큼 역겨운 게 아니라 생전 처음 맡아보는 강렬한 향신료에 코가 자극을 받은 것일 뿐이다.

가장 눈에 많이 띈 것은 바로 차였다. 인도에 차가 이렇게 많을 줄은 몰랐다. 하지만 특이한 게, 지나가는 모든 차가 사이드미러가 없었다.

거기다 신호도 없었다. 아니, 있긴 했다. 하지만 모두 신호 자체를 무시하고 다니는 듯 엉망진창으로 섞여서 움직이는데 신기하게도 사고가 일어나지도 않고 한국처럼 극심한 정체가 벌어지는 것도 아니었다.

마치 강물이 흐르듯 부드럽게 제 갈 길을 가는 차들의 행렬이 현중의 시야를 잠시 동안 잡고 있었다.

역시나 봄베이에 들어오니 테른의 느낌도 확실히 강해졌고 현중의 감각을 방해하는 안개도 더욱 진해졌다.

그런데 웃긴 것이, 봄베이에 와서야 봄베이의 명칭이 봄베이가 아님을 알았다는 사실이다.

원래는 뭄바이이며, 영국 식민지 시절에 영어 발음으로 편하게 발음하기 위해서 봄베이로 바꿨다는 것이다.

실제로 인도인들과 대화를 나눠본 결과 모두 뭄바이로 이야기하지 봄베이로 말하지 않았다.

아무튼 생전 처음 외국, 그것도 인도에 나왔는데 여행을 온 것이 아니라는 사실이 약간 안타까울 뿐이다.

"저쪽인가."

봄베이 주도를 가로질러 끝에서 강렬하게 느껴지는 안개의 존재를 느낀 현중은 곧바로 어느 한 건물의 옥상으로 올라갔다.

워낙 건물들이 판자촌처럼 붙어 있어서 거미줄 같은 도로를 걷기보다 차라리 건물 옥상으로 이동하는 게 빠르다는 판단을 내린 것이다.

휙!

한 발자국 뛸 때마다 족히 10m는 넘어 보이는 거리를 가볍게 뛰어다니면서 대략 10분을 지났을까? 봄베이의 복잡한 시내를 벗어나 한적한 외곽으로 들어섰다.

하지만 이곳은 봄베이의 복잡함과 완전히 다른 양상을 보여주었다.

구걸하는 거지와 역한 소똥 냄새가 코를 자극했고, 사람보다 소가 더 많은 참 이상한 광경이었다.

이런 봄베이의 모습을 가만히 바라보던 현중은,

"여행이란 걸 다녀봐야겠어."

뭔가 자극이 되고 있다는 것을 느낀 것이다.

속담처럼 전해오는 말이 있다. 애인과 유럽 여행을 갔다 와서 싸우지 않는다면 무조건 결혼하라는 말이다. 물론 여행 자체가 어렵고 힘들긴 하지만 사람 본연의 성격과 진실된 모습을 보여준다는 뜻도 있을 것이다. 현재 현중은 지루하고 단순한 삶에 어쩌면 여행이 작은 자극을 줄지도 모른다는 생각을 했다.

물론 테른을 데리고 한국으로 돌아가 졸업을 한 후의 일이지만 말이다.

"신성력이라……."

현중은 걸어서 한참을 헤맨 끝에 이슬람 사원으로 보이는 건물 앞에 섰다. 그곳에서 지금까지 자신의 감각을 방해한 것이 무엇인지 대충 알게 되었다.

신성력.

지금까지 현중과 테른의 연결을 방해한 것은 신성력이었다. 그런데 그 신성력이라는 게 대륙에서 보던 순백의 따스한 느낌이 아니라 붉은색의 질척한 느낌이라는 게 의외라면 의외였다.

"신성력이라면… 마기를 제압하는 건 가능하겠군."

현중은 테른이 왜 이곳에 붙잡혀 있는지 도착해서야 이해가 되었다.

한눈에도 이슬람의 힌두교 사원처럼 생겼다. 특이한 점은 보통의 힌두교 사원처럼 흰색이 아니라는 점이다. 지금 눈앞에 있는 사원처럼 시뻘건 붉은색을 한 사원을 현중은 본 적이 없었다.

"들어가 볼까."

힌두교가 깊게 뿌리내려 있고 부처가 태어난 나라답게 사원에는 수많은 사람들이 오가면서 현중의 주변으로 스치듯 지나갔다. 하지만 그 누구도 현중의 존재를 알아채지 못했다. 존재하면서도 존재하지 않는 것, 그것이 바로 치우천황무의 특징이었다.

저벅저벅.

대리석으로 바닥을 깔았는지 현중이 걸을 때마다 미세한 울림이 사원 전체로 퍼져 나가면서 웅장한 모습으로 현중을 맞이했다. 하지만 현재 그런 웅장한 사원의 모습은 현중의 눈에 들어오질 못했다.

'어딜까.'

사원이라는 게 아무래도 사람들이 많이 오가는 곳이라 개방된 곳이 많았다. 의외로 돌아보는 데 시간은 얼마 걸리지 않았지만 반대로 테른이 있을 만한 곳도 없었다.

그리고 사원에서 뿜어져 나오는 질척한 신성력이 느껴지는 안개 때문에 현중의 감각은 계속 방해를 받아 발로 찾아다녀야 했다. 그러다 보니 의외로 쉽게 한계를 먼저 느꼈다.

'그동안 너무 감각에 의존했었군.'

테른을 찾기 위해서 겨우 사원 하나를 뒤지는 데 이렇게까지 시간이 걸릴 것은 미처 예상도 못한 현중이다.

그런데 우연히 사원의 한쪽 구석에 붉은 터번을 두른 남자 하나가 움직이는 게 현중의 눈에 걸렸다.

"이 느낌은?"

질척한 안개 속에서 오히려 감각이 무뎌져 있을 무렵이라 현중은 무심코 지나칠 뻔했다. 그러나 붉은 터번의 남자가 움직이자 미약하지만 테른을 감싸고 있는 것과 같은 기운이 느껴졌다.

'운이 좋군.'

지체없이 붉은 터번의 남자를 따라 이동하기 시작한 현중은 아예 대놓고 뒤를 따라갔다. 물론 남자는 현중이 따라오고 있는 줄은 꿈에도 모를 것이다.

그런데 허름한 나무로 만들어진 문 앞에 잠시 멈춰 섰던 붉은 터번의 남자는 갑자기 뒤를 돌아보면서 현중을 향해 일직선으로 바라봤다.

"누구냐?"

"……?"

현중은 순간 걸렸나 생각하는데, 정면의 현중이 서 있는 곳을 똑바로 보던 붉은 터번의 눈동자가 곧 이리저리 움직이면서 주변을 살피기 시작했다.

바로 코앞에 있는데도 현중을 전혀 인지하지 못하고 주변을 살피는 것이다. 한참을 두리번거리던 남자는 곧 귀로 손가락을 가져가면서,

"아무도 없잖아."

"뭐? 바로 앞에 있다고? 누가 있다는 거야?"

붉은 터번의 남자는 경호원들이 쓰는 무전기 같은 것을 이용해서 어디선가 무선을 듣고 있었다. 그제야 현중이 아차 하는 생각으로 급히 주변을 둘러보자 역시나 무려 CCTV 다섯 대가 사방에서 현중을 찍고 있었다.

'실수했군. 하지만 뭐 걸렸다면 굳이 숨길 필요 없지.'

스사악~

현중은 이미 CCTV에 걸렸다는 것을 알고는 곧바로 존재감을 드러냈다. 그러자,

"허억!! 누구냐!!"

채앙!

갑자기 눈앞에서 웃는 얼굴로 나타난 현중을 본 붉은 터번의 남자는 곧바로 허리에 있던 시미터를 빠르게 뽑아 들었다. 곧장 살기를 뿌리며 현중에게 뛰어드는데 일체의 위협이나 일언반구조차 없었다.

휘릭!

위쪽으로 휘어진 시미터의 특성상 찌르기보다는 베기에
특화되어 있다. 역시나 붉은 터번의 남자도 현중의 어깨에서
부터 허리 쪽을 사선으로 베기 위해 휘둘렀다. 얼마나 깔끔하
고 정확한지 현중이 오히려 타이밍을 잡기가 쉬워서 피하기
도 쉬웠다.

스르륵.

"헛!"

덥석!

슬쩍 옆으로 피하면서 안으로 파고든 현중은 곧바로 붉은
터번 남자의 목을 움켜잡고는 그대로 자신의 마나를 그의 몸
으로 흘려보냈다.

부들부들.

현중의 마나가 몸속에 스며들자마자 갑자기 온몸을 떨기
시작하는데, 오히려 그런 남자의 반응에 현중이 살짝 당황했
다. 이미 이런 반응을 보이는 이유를 알고 있기에 놀라움이
뒤따랐다.

"설마… 마기(魔氣)인가?"

자신의 마나는 치우천황무의 영향으로 천지(天地)의 기운
을 품고 있었다. 그렇기에 아주 조그만 양이라도 마기를 품은
자의 몸속에 들어가면 치명적인 작용을 했다. 바로 이런 천기

의 기운을 가진 치우천황무를 익힌 현중이기에 대륙에서 마족과의 전쟁을 홀로 버터낼 수 있었던 것이다.

그런데 마기로 보이는 기운을 가진 인간을 지구에서 만난 것이다.

부글부글.

온몸의 경련을 일으키던 녀석은 곧 눈이 뒤집히면서 거품을 물었다. 간질 환자처럼 사지가 뻣뻣하게 굳어가더니 얼굴에 핏기가 순식간에 사라져 버렸다.

털썩.

현중이 잡고 있던 목의 손을 놓아버리자 짚단이 쓰러지듯 꼿꼿한 몸이 그대로 퉁 하고 바닥에 널브러졌다. 현중은 미간을 찡그렸다.

현중의 천기가 마기를 소멸시켰을 때 나타나는 증상이 확실했다.

"마기라……. 어째서 지구에 마기를 가진 인간이……. 설마 소환술이 실존한단 말인가? 지구에도?"

대륙이야 소환술이 기본 마법 과목으로 정해져 있을 만큼 보편화되었지만 지구는 사정이 다르기에 다소 놀란 현중이었다.

곧바로 얼굴을 들어 사방에서 빨간 불빛을 뿜어내며 자신을 주시하는 CCTV 카메라를 바라보던 현중은 씨익 웃었다. 손가락 끝으로 마나를 뭉쳐서 튕겨내는 타지신공 수법으로

CCTV를 모조리 부숴 버렸다.

하지만 주변에 발걸음 소리가 요란하게 들리는 것을 보니 굳이 기감을 펼치지 않아도 사방에서 몰려오는 걸 알 수 있었다.

"그래, 오너라. 너희들이 내 궁금증을 풀어주어야겠어."

오히려 느긋하게 서서 오기를 기다린 현중은 1분도 되지 않아 붉은 터번에 붉은 옷을 입고 시미터를 뽑아 들고 있는 녀석들에게 둘러싸였다.

"누구냐!"

역시나 열 명이면 열 명 모두 이런 상황에 하는 말은 똑같다. 현중은 오히려 웃었다.

물론 인도어로 외쳤지만 이미 현중에게 언어의 장벽 따위는 존재하지 않는다. 그보다 지금 이곳에 모인 녀석들은 평범한 인간이라는 것에 현중의 입가에 미소가 금방 사라졌다.

"여기 저 녀석이었냐. 쩝, 실수했군."

사원을 감싸고 있는 기운 때문에 미처 조금 전에 죽어버린 녀석이 마기에 중독된 인간인 것을 모르고 평소처럼 제압하기 위해 마나를 살짝 주입한 것이 실수였다.

"별수 없지."

혹시나 지금 몰려오는 녀석들 중에 마기를 가진 녀석이 있는지 알고 싶어서 일부러 기다렸는데 평범한 사람이라면 더 이상 이 녀석들과는 볼일이 없었다.

뭐 그렇다고 자신에게 칼을 들이댄 녀석들을 살려둘 생각도 없었다. 테른이 이곳에 잡혀 있는 것이 확실한 이상 적이다.

그리고 적에게 자비를 베풀 만큼 현중은 착하지 못했다.

"문곡(文曲), 출(出)."

현중이 자그마하게 한마디 하고 나서 사방에서 현중을 감싸고 있던 녀석들은 자신의 눈을 의심해야 했다.

"사라졌다!"

한 녀석이 외치는 순간,

퍼걱!

"컥!"

외마디 비명과 함께 사람이 걸레처럼 하늘로 치솟았고, 그게 시작이었다.

퍽퍽퍽퍽퍽퍽퍽퍼걱!!

마치 아이들이 장난감을 튕기듯 사람이 천장과 벽에 부딪쳤다가 튕기고 다시 뒹굴고, 아수라장도 이런 아수라장이 없었다. 한번 그렇게 나가떨어진 녀석이 다시 일어나는 일은 없었다.

스윽.

현중이 다시 모습을 드러낸 것은 마지막으로 있던 녀석이 벽에 부딪치면서 머리가 터져 즉사한 직후였다.

"귀찮군."

무려 서른 명을 맨주먹으로 때려죽인 현중이 무심하게 주변을 둘러보았다. 조금 전에 마기에 중독되어 죽었던 녀석이 들어가려던 문을 발견하고 들어가려고 하자,

띠잉!

"실드?"

순간 문이 현중의 손을 튕겨냈다. 의아한 생각이 들어 살피자 붉은색의 투명한 막이 문을 감싸고 있었다. 덕분에 웬만한 강철 문보다 더욱 튼튼한 상태였다.

현중이 힘을 주어 문을 밀자,

화아악!!

붉은빛이 문 전체를 잠시 감싸더니 현중의 힘보다 더욱 강하게 밀어내는 게 아닌가?

"후훗, 재미있군."

이런 상황인데도 오히려 현중은 웃으면서 자신을 거부하는 문을 잠시 바라보았다. 곧 눈동자가 날카롭게 변했다.

"탐랑(貪狼), 파쇄의 권, 격(擊)."

주문을 외우는 듯한 말이 끝나자 현중의 오른 주먹에 아지랑이 같은 기운이 피어올랐다. 곧 실이 꼬이듯 마나가 변해 엉키기 시작했다.

그리고 엉켜 있던 실은 순식간에 마나로 만들어진 건틀릿 모양으로 변했다.

쾅!!

오러 건틀릿을 만들어낸 현중의 일격이 문에 부딪치는 순간 사방으로 먼지가 날리면서 문을 감싸고 있던 붉은 막은 사라져 버렸다. 낡은 문은 오러가 닿자마자 가루가 되어 사방으로 퍼져 나갔다.

"흑마법이군."

마법을 쓰지 못하는 현중이기에 이런 마법적인 방어는 무조건 힘으로 때려 부술 수밖에 없었다. 그리고 때려 부숴 버리는 순간 마법의 종류와 성향을 느낄 수 있다.

"겨우 흑마법에 잡혀 있는 건가, 테른 녀석."

흑마법에 테른이 잡혀 있다는 것은 도무지 이해가 가지 않았다. 흑마법 자체가 마계에서 힘을 빌려 쓰는 것이다. 마계의 마족인 테른이 흑마법에 잡혀 있다는 것은 말도 안 되는 것이다. 그렇기에 지금 현중은 어두운 지하로 이어진 계단을 내려가면서도 입가에 미소가 사라지지 않고 있었다.

과연 어떤 존재가 테른을 붙잡고 있는 걸까? 어떤 힘이 자신을 기다리고 있을지 기대가 된다고나 할까? 무료한 일상에 찾아온 자극이었다.

저벅저벅저벅.

그리 깊지 않은 계단을 내려와 보니 사방이 철창으로 만들어진 감옥 같은 곳이었다.

"사원 지하에 감옥이라……."

간단하게 말하면 교회 지하에 쇠창살로 만들어진 죄수들의 감옥이 있는 것이나 마찬가지이기에 현중은 신기한 듯 주변을 둘러봤다.

칠흑 같은 어둠이 깔린 곳이지만 이미 이런 어둠은 현중에게 아무런 장애가 되지 않았다. 보려고 하면 보지 못할 것이 없는 현중에게 어둠은 그저 어둠일 뿐이다.

생각보다 제법 긴 감옥을 걸어서 한참을 가는 도중 현중의 걸음이 멈췄다.

그리고 몸을 살짝 돌려 정면에 있는 쇠창살을 움켜잡고는 힘을 주자,

우우둑, 두둑.

덜컹덜컹.

쇠창살이 통째로 뜯겨져 나와 버렸다.

쇠창살의 창살 두께만 해도 손가락 두세 개 두께는 되어 보이는 것을 가볍게 뜯어내 버린 현중은 그냥 아무렇게나 주변에 던져 버리고 천천히 걸어 들어갔다.

"테른."

─마스터…….

현중이 창살을 뜯고 들어온 감옥에는 그토록 찾아 헤매던 테른이 있었다.

테른의 상태가 좀 이상했다.

왼쪽 어깨에 검이 하나 박혀 있었고, 전혀 힘을 쓰지 못하고 있는지 온몸이 쇠사슬로 묶여 꼼짝도 못하고 있는 것이다.

"어찌 된 거냐?"

현중은 별달리 위로나 걱정의 말도 하지 않았다.

―죄송합니다. 실수를 했습니다.

테른도 현중에게 위로나 걱정의 말은 기대하지 않은 듯 묵묵히 대답했다.

"많이 지쳐 있군. 마기를 빼앗겼나?"

―네, 마스터. 죄송합니다.

완전 처참하게 변해 버린 테른을 보던 현중은 한숨을 쉬고는,

"내가 분명 힘이 부족할 것 같으면 이야기하라고 하지 않았느냐."

―……….

현중의 다그침에 오히려 테른은 고개를 폭 숙였다.

물론 테른도 자신이 이렇게 잡힐 것은 전혀 예상도 못했을 것이다. 현중도 테른을 이 지경으로 만들 수 있는 방법이나 물건이 있을 줄은 생각지 못했다. 하지만 지금 눈앞의 테른은 처참하게 잡혔다. 거기다 마기까지 제법 빼앗긴 모양이다.

"흑마법이냐?"

─그게… 흑마법과 조금 다른 것이었습니다.

"알았다."

현중은 물음을 끝내고 곧바로 테른의 어깨에 박혀 있는 검을 뽑기 위해 움직였다.

─마스터! 위험합니다!

테른이 다급하게 자신의 어깨에 박혀 있는 검에 손을 뻗는 현중을 말렸지만 오히려 그는 웃으면서,

"대륙에서도 나를 어찌할 것이 없었다. 지구에서라고 있을 것 같으냐?"

─마스터.

거침없이 테른의 어깨에 박혀 있는 검의 손잡이를 움켜잡은 현중은 잠시 몸 안으로 무언가 침투하는 것을 느꼈다. 하지만 곧바로 치우천황무를 운용하자 거짓말처럼 사라졌다.

그리고 가볍게 테른의 어깨에서 검을 뽑았다.

키키킥.

뼈를 관통하고 박혀 있었는지 뽑는 도중에 뼈와 부딪치는 소리가 귀에 거슬렸다. 하지만 테른은 조금의 고통도 표현하지 않았고, 현중도 무시했다.

검을 뽑아낸 현중은 왼손으로 쇠사슬을 움켜잡더니 뜯어 내 버렸다.

좌르르르륵, 투툭.

마치 실이 끊어지듯 손쉽게 끊어진 굵은 쇠사슬에서 벗어나자 테른은 곧바로 땅에 떨어져 바닥에 널브러졌다. 곧 힘겹게 일어나더니 현중 앞에 무릎을 꿇고 고개를 숙였다.

"테른."

—네, 마스터.

"넌 마계 공작이다."

—그렇습니다, 마스터.

"그럼 자신이 묶은 매듭은 자신이 풀어야겠지?"

—…….

현중이 어떤 의도에서 이런 말을 하는지 대충 짐작한 테른은 차마 미안해서 고개를 들 수가 없었다.

자신의 능력이 부족해서 잡힌 것이 아니다. 오로지 방심했기 때문이다.

그리고 방심의 결과물이 바로 지금 현재의 모습이다.

"테른, 지금부터 세 시간 동안 3단계의 각성의 봉인까지 풀어준다. 스스로 묶은 매듭, 스스로 풀어라."

—…네, 마스터.

그 말을 끝으로 몸을 돌린 현중은 테른의 눈앞에서 사라졌다.

현중이 사라지고 난 뒤 테른의 눈동자가 서서히 핏빛으로 변했다. 방금 전에 관통당했던 어깨가 금세 아물고 지쳐 있던 모습이 거짓말처럼 사라졌다.

거기다 테른의 등에서 여섯 쌍의 날개가 생겨나더니 몸집도 평소의 다섯 배나 커졌다.

—크르르르륵, 각성의 봉인까지 풀린 건 오랜만이군.

정중하면서도 매끄럽던 테른의 음성도 허스키한 말소리 하나하나에 살기가 묻어 나오는 것이 과연 테른이 맞는지 의심스러울 정도였다.

—피는 피로, 복수는 복수로.

쑤우욱~

완전히 각성체로 변신한 테른의 그림자가 잠시 흔들렸다. 그러더니 붉은 머리카락과 핏빛의 눈동자를 가진 여성이 나타났다.

전에 최강석의 집으로 현중이 직접 찾아갔을 때 현중이 테른에게 처리하라고 했던 여성이었다.

—나의 종아, 너도 하겠느냐?

—네, 마스터.

테른의 말에 곧바로 고개를 숙이면서 무릎을 꿇은 여인은 이미 인간이 아니었다.

창백한 얼굴과 핏기 하나 없는 입술부터 타는 듯한 붉은 머리카락의 색과 피가 번진 듯 진한 핏빛 눈동자가 뱀파이어로 다시 태어났다는 것을 말해주고 있었다.

—나의 각성이 너를 나의 일족으로 만드는 데 도움이 되었나 보군.

—네, 마스터.

—가자. 복수는 신성한 것. 죽음조차 어찌하지 못하는 영혼의 속박을 내려주마. 크크크큭.

진하게 웃음을 흘리는 테른이 한 걸음 움직이며 감옥에서 사라졌다. 여인도 테른의 뒤를 따라 몸이 흐릿하게 변하더니 안개로 화해 사라져 버렸다.

그리고 그날 봄베이 외곽에 있던 붉은 지붕의 사원은 먼지 하나 남기지 않고 사라져 버렸다. 봄베이 암살단 중 가장 큰 조직이던 마흐랑드 암살단은 하급 조직원은 물론 조직원의 가족까지도 모조리 흔적도 남기지 못하고 사라지는 대사건이 벌어졌다.

물론 인도 내부에서도 갑자기 수천 명이 사라져 버렸으니 대대적으로 수사를 했지만 마흐랑드 암살단이라는 것을 알고는 곧 수사를 끝냈다.

암살단원끼리 영화 산업 이권 다툼으로 서로 싸우다가 한쪽이 전멸했다는 말도 안 되는 보고서를 올리고 그것으로 사건을 종결시켜 버린 것이다.

며칠이 지난 뒤 탬플재단에서 현중이 있던 곳으로 생각되는 지점에 도착했을 때는 너무나 깨끗했다. 애초에 사람이 살

지 않았던 마을과 같은 모습으로 변해 버린 곳을 망연히 바라
보던 마리아는 페이토가 전해준 현중의 이동 경로가 표시된
지도를 몇 번이나 다시 보았다. 하지만 믿어지지 않는 현실뿐
이었다.

"3,500명이 넘는 인구가 사라졌다고? 그것도 몇 시간 만
에?"

현중과 연관이 되지 않았다면 굳이 템플재단에서 이곳 인
도까지 올 이유가 없었다. 이곳은 사람 사는 집도 그대로고
타고 다니던 차도 그대로였지만 딱 하나, 생명의 기운이 느껴
지지 않았다.

붐베이에서는 이미 이 지역이 탄트라의 저주가 내린 곳이
라는 소문이 퍼져서 아무도 얼씬거리지 않는 유령 마을로 변
해 버린 것이다.

탄트라는 인도의 유명한 죽음의 술사들을 통칭하는 말로,
주문으로 2~3분 안에 사람을 죽일 수 있다고 믿는 주술사들
이었다.

사실 마리아도 그런 소문을 듣기는 했다. 하지만 요즘 세상
에 탄트라라는 죽음의 술사 존재를 믿는다는 것이 아무래도
신빙성이 없기에 직접 조사대 쉰 명을 영국에서 이끌고 와서
조사했는데 그 결과가 너무나도 놀라웠다.

"먹던 음식이, 그대로 심지어 자동차 시동을 켠 상태에서

사람이 사라졌다는 건가?"

조사 보고서를 보고 있던 마리아는 머리가 아파오는 것을 느꼈다.

직감적으로 현중이 저지른 일이라는 것을 알 수 있었다. 하지만 위성 추적 결과, 마을에서 이번 궤변이 일어날 때 현중은 서울에 돌아와 있었다.

이건 마리아가 전화 통화를 했기에 확실했다. 그런데 현중이 다녀간 뒤에 인도 암살단 중 두 번째로 큰 집단인 마흐랑드의 모든 조직원은 기본이고 가족은 물론 키우던 동물이나 가축까지 마치 하늘로 솟아버린 듯 사라져 버린 것이다.

"정말 탄트라의 저주인가?"

마리아는 냉정하게 판단하면서도 한편으로는 정말 봄베이에 퍼진 소문처럼 마흐랑드에 탄트라의 저주가 내려서 사라진 것이 아닐까 하는 생각도 잠시 들었다.

하루 종일 조사했지만 어느 것 하나 건지지 못한 템플재단은 결국 그날로 다시 조사단을 영국으로 돌려보냈고, 마리아도 한국으로 귀국했다.

Chapter 04
맞아야 하는 놈

"뭐하는 녀석들이지?"

현중이 오피스텔 소파에 앉아서 차 한 잔과 책을 읽는 도중
에 나타난 테른을 보면서 한 말이다.

테른이 양 어깨에 메고 있는 자루를 바닥에 내려놓자 테른
을 따라 나타난 여인도 하나의 자루를 바닥에 내려놓았다.

—마스터도 알고 계신 칼리조 석유개발회사의 오너였던
칼리조와 인도 탄트라 주술사이자 암살단의 보스인 마흐랑
드, 그리고 인도에서 가장 큰 정치 분당인 마할당을 이끌고
있는 당수 파르바할입니다.

테른은 마흐랑드 암살단에게 복수의 날개를 펼치면서도
이 세 녀석을 일부러 데려온 것이다.

하지만 현중이 가장 먼저 시선을 준 것은 테른이 데려온 세
녀석이 아니라 바로 테른 뒤에 서 있는 여인이었다.

"밤의 일족의 축복을 받았군."

—네, 마스터.

처녀인 경우는 밤의 일족의 축복을 내렸다고 표현했다. 그
건 상대가 원하든 원하지 않든 밤의 일족이 원하면 뱀파이어
로 만들 수 있기 때문이다. 하지만 밤의 일족의 축복을 받았
다고 표현한다면 그건 이야기가 달라진다.

스스로 원해서 축복을 받았다는 이야기가 되기 때문이다.
그리고 처녀가 아닌 경우에만 축복을 받을 수 있었다.

"왜 인간이길 포기했지?"

현중이 무심한 눈길로 여자를 바라보자 곧바로 무릎을 꿇
으면서 고개를 숙였다.

—이미 마약으로 인해 망가지고 끝난 인생이었습니다.

"후회할 텐데……."

밤의 일족이 되는 게 일반 사람들이 보기에는 행복할지도
몰랐다. 인간은 따라올 수 없는 괴력. 축복을 내린 테른에게
이변이 없는 이상 쉽게 죽지 않는 불사의 육체. 그리고 안개
등으로 변해 원하는 곳을 다닐 수 있고, 소설 같은 이야기와

달리 실제 밤의 일족의 축복을 받으면 십자가, 마늘, 태양은 전혀 해를 끼치지 못했다.

한마디로 인간보다 한 단계 높은 존재가 되는 것이다.

하지만 잃는 것도 있으니, 평범했던 인간의 삶을 모두 포기해야 했다. 테른의 그림자에 살아야 하고 테른의 명령은 그 어떤 것도 거부할 수 없었다.

한마디로 노예의 삶을 살아야 한다는 것이다.

ㅡ처음부터 저의 인생에는 자유란 없었습니다.

"훗. 뭐, 본인의 선택이겠지."

최강석의 방에서 마약에 찌들어 있던 저 여인을 테른에게 넘긴 것은 테른 맘대로 하라는 뜻이었다. 그때 이미 몸은 완전히 망가져 있고 약 없이는 하루도 살 수 없는 여자란 것을 알고 있었기에 테른에게 넘겨준 것이다.

ㅡ감사합니다, 주인님.

테른의 마스터인 현중이 은연중 허락하자 여인은 몸을 부르르 떨면서 감격스러워했다. 만약에 현중이 인정하지 않는다면 여인은 테른의 손에 의해 사라질 운명이었던 것이다.

현중이 허락하지 않는 것을 테른이 할 리 없다. 그 말은 현중이 여인을 부정하는 순간 여인은 소멸함을 의미한다. 본래는 1년 정도 테른의 그림자에서 피를 받아들이는 과정을 거쳐야 했는데 이번 사건으로 테른의 모든 봉인이 잠시 풀리면서 테른의 그림자에 있던 여인에게도 변화가 찾아온 것이다. 그 결과 1년이라는 적응 기간이 사라져 버리고 예상보다 빠르게 현중에게 인사하게 되었다.

"이름은?"

—아직 없습니다.

"원하는 이름은 있나?"

—그것이…….

당연히 자신의 이름을 그냥 'OO로 해라' 하는 식으로 지어주는 줄 알고 있었는데 원하는 이름을 물어보자 잠시 망설이던 여인은,

"왜? 원래 인간이던 시절의 이름이라도 상관없는데."

—아닙니다, 주인님. 인간이던 시절의 이름은 버리고 싶습니다.

잊고 싶은 추억이 잠시 떠오른 듯 목소리가 차분하게 가라앉은 여인의 모습에서 현중은 대충 짐작만 했다. 마약에 절어 약 없이는 하루도 살 수 없는 인생을 살게 된 것만 봐도 지난 삶 자체가 저주스러운 것이다.

"원하는 이름이 있다면 그걸 쓰도록 해. 난 작명 센스가 별로라서 말야."

자신은 전혀 상관하지 않겠으니 맘대로 원하는 이름을 말하라는 현중의 태도에 여인은 잠시 생각하다가 입을 열었다.

─시리. 저를 이제 시리라고 불러주십시오, 주인님.

"시리? 음. 뭐, 괜찮네."

현중은 모르고 있었지만 시리의 원래 본명은 시은이었다.

결국 시리는 자신의 본명을 버리지 못하고 변형한 것이다. 저주스러운 삶을 살았고 인간으로서의 삶을 기억조차 하기 싫었던 시리였지만 자신의 본명을 결국 완전히 버리진 못했다. 고아였고 자신의 부모를 찾을 수 있는 희망이던 시은이라는 본명만은 차마 버릴 수 없었던 것이다.

"그보다 테른, 시리는 이제 어떻게 하려고?"

이왕 밤의 일족으로 테른이 받아들였으니 시리도 현중에게는 가족이나 마찬가지다. 비록 과거야 어찌 되었든 현중은 한번 받아들인 사람은 스스로 나가지 않는 한 절대 버리지 않는다. 그래서 테른도 결국 대륙에서 지구로 데리고 온 것이 아닌가.

─마스터의 시중을 들게 할 생각입니다. 갑작스럽게 제가 각성하는 바람에 피의 축복을 받아들이긴 했지만 교육도 필요한 상황입니다.

"그렇겠지."

현중은 아직도 무릎 꿇고 머리를 숙이고 있는 시리를 보면서 잠시 뭔가 생각하는 듯하더니 무심하게 고개를 돌렸다.

"알아서 해. 단, 알지? 내가 하려는 말."

현중의 목소리가 조금 가라앉는 것을 느끼자 테른은 고개를 숙이면서,

─알고 있습니다. 축복을 받아들이면 하급 뱀파이어처럼 피를 갈구하는 현상은 없으니 걱정하지 않으셔도 됩니다.

현중의 걱정은 바로 흡혈이었다.

테른이야 태어날 때부터 마계에서 혈족으로 태어났으니 인간의 피를 갈구할 이유가 없지만 시리는 조금 달랐다. 인간에서 혈족으로 받아들여진 경우는 대륙에도 없었기에 현중은 걱정되었던 것이다.

대륙에서 마족에게 인간이란 하나의 유희거리 아니면 공포를 양분으로 주는 먹이일 뿐이다. 하지만 지구에서는 현중 때문에 테른은 그런 짓을 할 수 없었다.

대륙에서도 다른 마족처럼 굳이 인간을 먹이로 삼아야만 살아가는 하급 마족이 아니었기에 괜찮았다. 하지만 시리는 현재 혈족으로 받아들였을 뿐 아무런 교육을 받지 않은 상태였다.

─평소에는 제 그림자 속에 있고 마스터의 시중을 들 때만 나오기에 걱정하지 않으셔도 됩니다.

"그래, 알았어. 그리고 시리."

현중이 나직이 시리를 부르자,

─네, 주인님.

"인간의 피는 한 방울도 마시지 마라. 만약 네가 인간의 피를 한 방울이라도 먹게 되면 테른이 아니라 내 손으로 널 소멸시켜야 할지도 모른다."

무덤덤하지만 지금 현중의 말이 그냥 하는 것이 아니란 것은 시리도 충분히 알 수 있었다.

―인간의 피를 제가 마시게 된다면 스스로 목숨을 끊겠습니다.

"결심, 흔들리지 않길 바란다. 그럼 테른, 본론으로 들어가볼까?"

―네, 마스터.

시리에게 단단히 주의를 준 현중은 그대로 시선을 돌려 죽은 듯 늘어져 있는 세 녀석, 아니, 두 놈과 한 년을 바라봤다. 칼리조야 이름에서 이미 남자라는 것을 알 수 있었고, 인도 국회의원이라는 녀석도 딱 봐도 배불뚝이에 늙어서 권력과 돈에 찌든 전형적인 모습이었다. 하지만 마흐랑드 암살단의 보스라는 녀석은 이제 20대 후반에서 30대 초반을 바라보는 듯한 여자였다.

그냥 앉아서 지시만 하는 보스가 아니었는지 온몸이 탄탄한 근육으로 잘 단련되어 있고, 손바닥을 보니 검을 쥐고 평생을 산 기사의 손바닥처럼 굳은살이 박혀 있어 여자의 손으로 보기에는 무리가 있었다.

"셋 다 깨워."

소파에서 일어나면서 현중이 거실 중앙에 서자 테른은 곧 손바닥을 아래쪽으로 향하면서 마법을 썼다.

―웨이크!

들썩!

테른의 주문이 끝나자 죽은 듯 기절해 있던 세 명의 몸이 동시에 들썩거렸다. 몇 번 바닥에서 떠올랐다 떨어지기를 반복하더니 정신을 차리기 시작했다.

"크윽……."

"쿨럭."

"……."

칼리조와 국회의원인 파르바할은 거친 숨을 토해내면서 몸을 꿈틀거리는 반면 마흐랑드는 꿈쩍도 하지 않았다.

"마흐랑드, 일어나라. 이미 깨어난 것을 알고 있으니."

현중이 유창한 인도어로 말하자 그때서야 감고 있던 눈을 번쩍 뜨면서 잠시 주변을 살피는가 싶더니 슬그머니 일어서 앉았다.

그리고 입을 꼭 다문 채 옆에 칼리조와 파르바할을 한번 쳐다보고는 고개를 돌려 현중을 정면으로 바라봤다.

"역시 마흐랑드의 수장답군."

대륙에서도 어째신 길드의 수장급은 아무리 고문을 가해

도 신음 소리 한번 내지 않았다. 그런 경험이 있기에 마흐랑드의 모습도 약간은 예상했던 것이다.

하지만 마흐랑드를 제외한 칼리조와 파르바할은 뒤늦게 정신차리고는 곧장 일어서 현중을 바라보더니 삿대질을 하면서 소리쳤다.

"누구냐!! 네놈, 내가 누군 줄 알고 이따위 짓을 하느냐!!"

칼리조는 으름장부터 놨지만 그런 칼리조를 바라보는 현중의 눈은 오히려 웃고 있었다. 칼리조가 큰소리치자 파르바할도 덩달아 질 수 없다는 듯,

"미친놈아, 난 인도 마할당의 당수다! 감히 나를 납치하다니 죽고 싶어 환장했구나!!"

각자 인도어로 현중을 향해 거칠게 소리쳤다. 하지만 현중은 조용히 웃으면서 너희는 떠들어라, 난 모른다는 식으로 무관심하게 대꾸조차 하지 않았다. 칼리조와 파르바할은 자신들의 으름장에 현중이 겁을 먹었다고 착각하기 시작했다.

다리까지 감각이 돌아온 것을 느낀 두 녀석은 현중 앞으로 다가가더니, 파르바할이 대뜸 현중의 멱살을 움켜잡았다.

"네놈, 누구냐?! 너의 가족, 친구, 애인은 물론 기르던 개새끼 하나까지 목을 잘라 묻어주마!"

씨익.

멱살까지 잡혀 있는 현중의 입꼬리가 슬쩍 올라가면서 미

소가 지어지는 순간,

찰싹!

언제 다가왔는지 테른이 온몸에 살기를 피워 올리면서 파르바할의 얼굴을 손바닥으로 내려치자 귀싸대기 한방에 파르바할은 아까 쓰러져 있던 자리까지 날아갔다.

"……."

기세등등하던 칼리조는 테른의 행동에 순간 입을 꾹 다물어 버리고는 그의 눈치를 살피기 시작했다. 결국 테른의 눈동자가 핏빛으로 물들어가는 모습을 정면에서 지켜본 그는 사지를 떨었다.

덜덜덜덜.

"인, 인간… 이, 아… 니……."

"쉿."

벌벌 떨던 칼리조는 테른의 짧은 한마디에 입을 다물어 버렸다.

"헙!"

"저기 가서 앉을래, 아니면……."

현중이 입에 대고 있던 손가락을 스윽 움직여 테른을 가리키면서,

"방금처럼 싸대기 맞고 날아갈래?"

웃으면서 말하는 현중이지만 칼리조에게는 다르게 보였

다. 방금 사람의 몸이 그렇게 쉽게 날아갈 수도 있음을 보았
다. 그는 곧장 자신이 쓰러져 있었던 자리에 가 무릎을 꿇고
앉았다. 옆을 슬쩍 보자 파르바할은 싸대기 한 방에 다시 기
절했는지 미동조차 없었다. 그 모습에 먼저 나서지 않기를 잘
했다는 생각이 들었다.

그렇게 칼리조와 파르바할은 간단하게 해결되었다.

뭐든지 기선 제압이 가장 중요한 법이다. 특히나 지금처럼
뭔가 알아내야 할 때는 공포만큼 확실한 것도 없다. 상대가
보통의 인간이라면 확실하게 먹힌다.

하지만 현중의 시선이 움직여 닿은 마흐랑드는 공포로는
제압이 불가능할 것이다.

암살단이란 어쌔신과 같이 죽음을 곁에 두고 사는 녀석들
이니까 말이다.

한 걸음.

누구나 내딛는 한 걸음 같은 움직임이었으나, 현중은 2m
정도 떨어져 있던 칼리조 바로 앞에 연기처럼 나타났다.

"헉!"

"……!"

암살단답게 감정의 변화가 거의 없던 마흐랑드도 현중의
이런 움직임에 놀랐는지 두 눈을 부릅떴다. 물론 칼리조는 숨
이 넘어가기 직전까지 놀랐다.

스윽~

현중이 쪼그려 앉아 칼리조와 눈높이를 맞춘 다음 씨익 웃
었다.

"하, 하하, 누구신지……."

당황한 칼리조가 더듬거리며 물어보자 현중은 대답없이
그를 유심히 바라봤다.

"……."

꿀꺽.

때론 침묵이란 게 엄청난 공포가 될 수가 있다.

지금 칼리조에게 현중의 웃는 얼굴과 시선은 1초가 1년처
럼 느껴지는 무거운 시간일 것이다.

그때 현중이 눈동자를 옆으로 돌려 마흐랑드를 한번 바라
보더니,

퍼걱!

그대로 몸을 일으키면서 발로 마흐랑드의 배를 걷어차 버
렸다.

쿠당탕!

"몰래 단전의 내공을 움직이면 내가 모를 줄 알았나?"

암살단의 수장으로 있던 마흐랑드를 옆에 두고 마나의 향
기에 누구보다 민감한 현중이 방심했을 리가 없다. 오히려 방
심하는 것처럼 보이도록 일부러 웃으면서 여유있게 움직였

다. 역시나 마흐랑드는 현중이 곁으로 다가오자 기회를 노리는 야수처럼 몸 안에 마나를 퍼뜨려 세포를 활성화시키려 했고, 그 중에 현중의 발길질에 나가떨어진 것이다.

"쿨럭! 푸억!"

갑작스런 현중의 일격에 조심스럽게 움직이던 마흐랑드의 내공이 순식간에 흩어졌다. 오히려 내공을 움직이던 중에 당한 공격 때문에 혈맥을 다쳐 입으로 피를 토하면서 쉽게 일어서질 못했다.

"내공은 더 이상 움직이지 못할 것이다."

현중이 자주 쓰는 수법으로 공격과 동시에 자신의 마나를 침투시켜 단전을 묶어버렸다.

"쿨럭! 어떻게… 포스를……."

마흐랑드는 입에서 죽은피를 흘리면서도 표독스런 눈으로 현중을 노려보는 것을 잊지 않았다. 하지만 오히려 그런 모습은 현중에게 너무나도 익숙했다.

아무리 인간이 독해봐야 마족보다 독할 순 없다.

공포와 욕심, 그리고 인간이 가진 모든 마이너스적인 에너지를 자양분으로 삼아 살아가고 힘을 키우는 마족에 비하면 마흐랑드는 현중에게 애 수준이다.

"포스는 너만 다룰 줄 안다고 생각했나?"

현중이 구석에서 겨우 팔로 힘겹게 상체를 지탱하고 있던 마흐랑드에게 간단하게 한마디 하고는 고개를 돌려 다시 칼리조를 바라봤다.

"히끅!"

현중과 눈이 마주치자 칼리조는 놀랐는지 급히 딸꾹질을 하며 온몸에 식은땀을 흘렸다.

"목숨만… 살려주시면……."

씨익~

현중은 또 웃는 얼굴로 칼리조 앞에 쪼그려 앉아서는 대답 없이 칼리조의 눈동자를 바라보기만 했다.

"저기… 살려……."

"……."

여전히 대답없는 현중의 모습에 시간이 지날수록 조바심 나면서 답답한 건 칼리조였다. 지금 칼자루를 쥔 것은 현중이었으니 당연한 결과였다. 조금 전 마흐랑드를 그대로 걷어차 버린 것도 칼리조의 공포를 증가시키는 데 한몫 단단히 했던 결과, 먼저 정신줄을 놓아버린 것은 그였다.

"뭐든지 말하겠습니다. 제발… 제발……."

히죽~

눈동자가 심하게 흔들리는 칼리조의 모습을 보던 현중은 웃으면서 다시 일어서더니,

"괜찮아. 알고 싶은 건 이미 다 알고 있으니까. 저기 파르

바할이라는 녀석이 너에게 바람을 넣어서 나를 죽이면 칼리조 석유개발회사의 지분을 너에게 주고 대신 석유에서 나오는 이익금을 나눠 달라고 했지?"

"협!! 어떻게… 그걸……."

자신은 아직 아무런 말도 하지 않은 상태였다. 그런데 정확하게 알고 있고 무엇보다 칼리조는 이미 현중을 알고 있었다. 파르바할은 현중의 얼굴을 모르고 있었기에 그렇게 나서서 멱살 잡다가 저 꼴이 된 것이다.

"그래서 선택한 게 저 마흐랑드 암살단인가? 봄베이 쪽 암살단이면 뭐 역사도 깊고 실력도 확실하니 믿을 만했겠지? 하지만 말이야."

마흐랑드를 돌아보면서 현중은 말을 계속 이었다.

"파르바할이랑 마흐랑드가 서로 손잡고 있었다는 건 몰랐지?"

"……?"

현중의 말에 순간적으로 마흐랑드를 바라보던 칼리조는 아직 기절해 있는 파르바할에게 시선을 돌렸다. 그리고 뒤늦게 깨달은 것이다.

인도 국회의원이라는 녀석들이 어떤 녀석이던가? 세계적으로 이권 다툼에 목숨을 거는 녀석들이다.

국회에서 싸우는 건 기본이고 의자를 집어 던지고 주먹질은 일상 다반사였다.

그만큼 권력에 취해 있는 국회의원 중에서도 파르바할은 벌써 네 번째 국회의원을 하고 있는 녀석이다. 당연히 이미 정치라면 뼛속까지 이골이 날 대로 난 녀석이었다.

그런데 그런 녀석이 칼리조 자신이 현중을 죽이면 지분을 모두 넘겨주고 대신 석유를 팔아서 생기는 이윤을 반으로 나눠서 달라고 했다고? 어림없다.

조금 전까지는 그저 현중을 원망하는 마음에 파르바할의 속셈을 눈치채지 못했지만 이미 다 끝난 마당에 무슨 욕심이 있겠는가?

욕심을 버리자 파르바할의 속셈이 뻔히 보였던 것이다.

"멍청한 놈."

현중의 거침없는 질타에 칼리조는 결국 고개를 숙여 버렸다.

만약에 칼리조가 현중을 제거했다면 그 순간 동시에 칼리조 자신도 마흐랑드의 손에 제거될 것이다. 죽은 자는 말이 없는 법이다. 무슨 죄목을 붙여서라도 죽은 칼리조를 대신해서 칼리조 석유회사를 파르바할이 손에 넣을 것이다.

국회의원이라면 군대를 동원해서라도 석유회사를 차지한다는 데 반대할 사람은 없을 것이다. 특히 인도의 국익에 도움이 된다는 명분까지 있으니 말이다.

한마디로 모든 것이 짜인 각본대로 움직인 결과였다.

물론 현중이라는 변수 때문에 완전히 어긋나 버렸지만 말이다.

"…나는… 끝났군."

칼리조은 힘없는 독백 같은 말을 끝으로 완전히 체념해 버렸다.

현중은 알고 싶은 것을 천심통과 칼리조를 통해 모두 알아냈다.

"테른, 처리해라."

—네, 마스터.

현중의 허락이 떨어지자 그제야 테른의 입가에 미소가 번지며 칼리조에게 서서히 다가갔다. 그는 정신적인 충격으로 패닉에 빠져 버린 칼리조의 목을 움켜쥐고는 자신의 품속으로 집어넣어 버렸다.

"……!!"

마흐랑드는 그런 테른의 모습에 놀라다 못해 몸까지 떨면서 극도의 공포심을 보이기 시작했다.

"무섭나?"

덜덜덜덜.

"무섭겠지. 하지만 말야, 네가 돈 받고 죽였던 사람들도 똑같았을 거야. 안 그래?"

흔들리는 눈동자가 테른과 현중을 번갈아 쳐다보았다. 테른의 핏빛 눈동자와 마주친 마흐랑드는 갑자기,

"알라 사이 시바 소오칸 아이오 도느타이따 코이토다 이니 노이 아쇼주오디… 컥!!"

주문 같은 것을 외우던 마흐랑드는 다 외우지도 못하고 현중에게 목이 잡혔다.

"죽음의 주문이라도 외우게? 크크큭, 멍청하군. 주문으로 사람이 죽을 수 있다면 애초에 신이란 존재도 필요치 않았을 것이다."

우드득!

털썩.

현중이 목을 잡은 손에 힘을 넣는 순간 마흐랑드의 목은 빨래를 쥐어짠 것처럼 완전히 비틀린 채 부러져 버렸고, 결국 즉사했다.

"싱겁군."

일말의 반항이라도 있을 줄 알았지만 그러기에는 현중이 너무나도 압도적으로 강했기에 애초에 불가능했다.

"테른."

―네, 마스터.

"저것도 바다에 던져 버려라."

현중은 기절한 채 엎드려 있는 파르바할의 처리 방법을 말

해주고는 관심없다는 듯 다시 소파에 앉았다. 그리고 테른은 조용히 죽어버린 마흐랑드와 기절한 파르바할까지 모조리 자신의 품으로 끌어안고서 사라지려다가 시리를 보면서,

―내가 올 때까지 마스터의 시중을 들어라.

―네, 마스터.

스르륵.

그림자 속에 녹아들 듯 테른은 사라져 버렸다.

＊　　　＊　　　＊

평온한 일상이 이어지는 하루의 연속이었다. 현중은 변함없이 학교를 다녔고, 테른은 여전히 주식으로 하루가 다르게 돈을 부풀리고 있었다.

조금 다른 점이라면 이번에 칼리조를 처리하면서 칼리조와 파르바할의 지분까지 모조리 쓸어 담는 바람에 칼리조 석유개발회사는 완전히 현중의 것으로 변해 버린 게 좀 다르다면 다를까? 그 때문에 테른은 현재 하루에도 몇 번씩 베트남 남부 연안으로 이동했다가 돌아오곤 했다.

그런데 약간의 문제가 하나 생겼다.

"음, 그러니까 인도에서 석유 매매 업무를 보던 사무실을 더 이상 거기서 운영할 필요가 없으니까 한국으로 가져오든

지 아니면 다른 곳으로 옮겨야 한다는 거지? 회사 이름도 더이상 칼리조 석유개발회사가 아닌 다른 이름으로 했으면 좋겠고?"

테른의 설명을 들은 현중은 고개를 끄덕이지만 테른이 이렇게 자신에게 물어보는 데는 뭔가 이유가 있을 것이라고 생각했다.

"한국으로 사무실을 옮기면 안 되는 이유는?"

—우선 세금입니다. 그리고 대한민국이라는 나라의 정부에서 마스터의 모든 것을 관찰하고 개입할 가능성이 100%입니다.

하긴 한국은 기름 한 방울 나오지 않는 나라다.

그런 나라에 석유가 나오는 곳과 석유개발회사까지 가지고 있는 국민이 있다면 당연히 정부에서 개입할 것이다. 석유는 나라에서 세금을 가장 많이 거둬가는 품목 중 하나이기도 했으니까 말이다.

하지만 현중은 한국에는 원유를 팔지 않고 있었다. 아니, 테른은 아예 처음부터 한국에는 원유를 팔지 않을 생각이었다. 원유는 미국과 영국을 중심으로 나눠 팔고 나머지는 다른 국가에 팔고 있었다.

그 모든 이유가 현중에게 조금이라도 포커스가 움직이지 않게 하기 위해서였는데, 회사 지분을 100% 현중이 가지게 된 이상 이제 존재를 숨기기가 힘들어졌다고 판단한 것이다.

"음, 테른, 현재 재산은?"

―2조 5,000억 정도입니다. 뉴욕 증시가 마감하는 내일 새벽이 되면 확실한 수치를 알 수 있습니다.

"2조 5,000억이라……."

개인이 가진 돈치고는 정말 많은 돈이다. 그것도 대한민국 법률상 스물여섯 살인 현중의 나이를 생각하면 이건 재산이 많아도 너무 많았다.

거기다 재산의 대부분이 스위스 G 은행에 있기에 누가 건드릴 수도 없다.

이 은행은 그 어떤 나라의 압력에도 굴복한 적이 없는 곳으로, 세계에서 돈과 금을 가장 많이 보유한 은행이기도 했다.

그만큼 세계에는 현중처럼 누구의 터치도 받아서는 안 되는 돈이 많다는 말도 된다.

―방법은 몇 가지 있습니다.

"몇 가지?"

―네, 마스터. 가장 확실하지만 조금 귀찮은 방법은 한국에 마스터의 이름으로 석유개발회사의 사무실을 열고 정부의 압력이 들어온다면 눌러 버리는 겁니다.

"뭐, 너만 가도 충분하긴 하지."

길게 설명할 것도 없다. 테른의 봉인을 단 하루만 풀어줘도 대한민국의 공권력과 군대는 초토화된다.

그게 바로 서열 마족이다.

대륙은 마법이 생활화되어 있고 신이 직접 개입할 수 있는 조건이 되기에 마족이 약해 보일 뿐이다. 지구처럼 신의 개입이 없고 마법조차 없다면 테른은커녕 하급 마족 열 마리만 풀어도 아비규환이 될 것이다.

거기다 서열 50위에 있는 공작위를 가진 마족이 테른이다. 더 이상 무슨 설명이 필요하겠는가? 진조 혈족의 유일한 생존자이니 지구에서 테른은 진조 혈족의 시조가 될 수도 있었다.

―두 번째는 외부의 힘을 빌리는 겁니다.

"외부?"

―네, 마스터. 탬플재단의 힘을 빌리는 것을 권해 드립니다.

"탬플이면 마리아 스핀 바로슈 백작의 도움을 받으라는 말이군."

테른의 말에 현중도 어느 정도 수긍했다.

영국의 힘을 등에 업고 있고 왕실의 검으로 인정받고 있는 마리아의 위치를 생각하면 석유 회사 하나 정도 뒤를 봐주는 것은 결코 어려운 게 아니다.

거기다 거기서 나오는 원유와 천연가스를 전부 영국에 팔겠다고 한다면 얼씨구나 하고 달려들 테니까 그건 걱정하지 않았다.

다만 마리아 스핀 바로슈 하나만 보면 괜찮은 조건이지만 영국 전체를 보고 생각한다면 위험한 도박일 수도 있었다.

"다음은?"

—네, 이번이 마지막 세 번째 방법인데, 팔아버리는 겁니다.

"응?"

—간단합니다. 경매를 해서 팔아버리는 겁니다. 지구에서 석유와 천연가스의 위력이 어느 정도인지 충분히 알고 있습니다. 그리고 현재 마스터께서 가지신 석유개발회사에서 개발한 광구의 매장량은 세계에서 가장 많은, 2001년 현재 사우디아라비아의 2조 6,450억 배럴보다는 적지만 2조 1,000억 배럴 정도 예상됩니다. 거기다 천연가스까지 하면 오히려 사우디아라비아라는 나라를 넘어섭니다.

"많군."

담담하게 말하는 테른이나 그걸 담담하게 듣는 현중이나 둘 모두 참 무뚝뚝하다고 해야 할지 통이 크다고 해야 할지 종잡을 수 없는 성격이다.

하지만 확실히 베트남에서 개발에 성공한 이번 원유는 그 매장량부터 가치를 생각할 때 엄청났다.

"판다면 얼마나 하지?"

　─1배럴의 원유당 보통 한화로 6만 원 정도 가치가 있다고 합니다. 그럼 2조 1,000억 배럴이면 12,600,000,000,000,000 원 정도입니다. 간단하게 표시하면 12경 6천조 원 정도입니다.

"경?"

현중도 설마 살아생전 조를 넘어서 경이라는 단위를 들어 볼 줄은 몰랐기에 살짝 놀랐다.

　─가공해서 얻는 가치는 원유 가격보다 비싼 1배럴당 180만 원 정도 되지만 그건 기술적인 문제부터 운송, 세금까지 해서 많이 들기에 순수하게 원유 1배럴의 시세만 적용했을 경우입니다. 처음 시작할 때부터 칼리조는 자신이 소유할 생각이었는지 베트남 인근의 섬을 통째로 사서 개발한 상태라 순수하게 원유의 가치만 따질 수 있습니다.

테른이 말한 조건 세 가지를 곰곰이 생각해 보던 현중은 그냥 가지고 있을까 생각하다가 고개를 저었다. 석유 회사 하나로 암살까지 시도하는 녀석들이 즐비하지 않던가? 하지만 팔자니 액수가 너무나 컸다. 과연 저 액수에 살 사람이 있을까? 아니, 살 나라가 있을까?

확실히 이미 개발도 되었고 매장량도 알고 있고 그냥 뽑아서 쓰기만 하면 되는 원유이기에 충분히 메리트는 있었다.

그러다가 결국 현중은 이렇게 고민하는 것도 귀찮아지기

시작했다.

주식만 해도 솔직히 테른이 하루에 몇 천억도 벌어주는 마당에 없어도 크게 아쉬울 게 없다는 생각이 든 것이다.

돈이야 많으면 많을수록 좋다지만 그건 일반 사람들이나 통하는 논리고 현중에게 돈은 그저 조금 더 살기 편하고 아쉬울 거 없이 살아가는 하나의 도구에 지나지 않았다.

"테른."

—네, 마스터.

"팔자."

—네, 알겠습니다. 그럼 경매 절차를 시작하겠습니다. 최저 1배럴당 4만 원의 가치를 생각해서 시작 가격을 정하겠습니다.

시작 가격을 정하니 뭐니 복잡하게 말하지만 실제로 현중은 잘 몰랐다. 그리고 이렇게 머리 아픈 고민을 한다는 게 다 귀찮아진 것이다. 돈이야 먹고 살 만큼만 있으면 되기에 미련 없이 팔아버리기로 한 현중이다.

대륙의 황제 자리도 귀찮아서 때려치운 현중이 아무리 지구에서라고 해도 돈 몇 푼에 아웅다웅하는 것은 역시나 성미에 맞지 않았던 것이다.

"알아서 해."

—네 마스터. 대신 템플재단의 도움을 받아도 되겠습니까?

"탬플재단에?"

—네. 아무래도 거래 액수가 크다 보니 확실한 중개인이 필요하다는 생각입니다. 지구의 논리대로 해야지 나중에 귀찮은 일이 생기지 않을 것 같다는 생각입니다.

"그래, 맘대로 해."

돈이 평생 쓰다가 죽어도 발톱에 때만큼 겨우 쓸 정도로 많은 돈이 굴러 들어올 판에도 현중은 천하태평이었다.

우선 암살 문제가 해결되자 현중은 곧바로 팅클의 곡을 신경 써야 했다.

이왕 밀어주기로 했으니 금전적 도움을 충분히 할 생각이다. 문제는 드워프의 노래를 지구의 악기로 연주할 수 있도록 편곡한 노래가 너무 생소하다는 것이었다.

그런 현중의 생각을 증명하듯 작곡한 악보를 기획사로 보내주자 하루 만에 연락이 왔다. 가이드송을 부를 사람이 없다는 전화였다.

거기다 웃기게도 악보를 보고 해도 연주할 때마다 음악 자체가 달라지는 웃지 못할 상황에 처하자 결국 김대칠도 현중에게 다시 연락할 수밖에 없었다.

물론 테른이 노래를 대충 만들어서가 아니라 오히려 너무 잘 만들어서 문제가 된 것이다. 정확한 박자에 정확한 음이 들어가야 하는데 마족인 테른이야 문제없이 연주할 수 있지만 생전 처음 보는 악보를 연주해야 하는 일반 사람으로서는 정확한 타이밍을 잡기가 너무 힘든 것이다.

그러다 보니 연주를 할 때마다 음악이 달라질 수밖에 없었다.

"벌려 놓은 일이 있으니 신경 써야 할 것도 생기는구만. 쩝."

테른을 불러서 말해봤지만 테른은 오히려 왜 악보를 줘도 연주를 못하냐고 이해를 못했다. 현중과 테른의 눈으로 보면 아무리 천재 음악가라도 그저 그런 평범한 사람일 뿐이다.

그러다 보니 결국 테른과 현중이 움직이기로 한 것이다.

줘도 못하는 걸 어떻게 하겠는가? 노래를 두 곡 주기로 했으니 가서라도 알려줘야 했다.

"죄송합니다."

소속사에 도착한 현중과 테른을 처음 맞이한 김대칠은 현중을 향해 고개를 숙였다.

악보를 받고 전문적으로 음악 녹음을 해주는 세션에게 찾아가 악보를 보여주니 다들 놀라는 눈치였다. 본격적으로 연주를 해보니 지금까지와는 전혀 다른 느낌의 댄스곡 한 곡과 발라드 곡이었다.

그런데 악보만 봤을 때는 몰랐는데, 밥만 먹고 하는 일이라고는 음악 연주밖에 없는 세션들도 이상하게 현중이 준 두 곡을 연주할 때마다 미묘하게 계속 음이 달라지는 것을 느꼈다. 그러다 결국 드러머가 눈치를 챘다.

원래 모든 음악의 중심은 드럼이다.

드럼의 박자대로 전체 음악이 느려지기도 하고 빨라지기도 할 정도로, 밴드 음악에서 드럼은 척추나 마찬가지다.

아무리 기계음을 많이 사용한다고 하지만 앨범 작업 할 때는 세션을 일부러 사용했다. 비싼 돈 주고 앨범을 사는 사람들에게 기계음은 한마디로 사기 치는 것이라고 생각하는 김대칠은 댄스 그룹이라도 앨범 작업할 때만큼은 세션을 고집했던 것이다.

김대칠과 매번 작업을 하는 세션들도 국내에서 제법 알아주는 사람들이었는데 하루 종일 현중이 준 두 곡을 연습했지만 결국 두 손 두 발 다 들어버렸다.

"김대칠 사장님, 도저히……. 이건 컴퓨터처럼 정확하게 음이 맞아야 하는 노래라서 한 번이라도 틀리면 선율 전체가 흔들려 버리니……. 차라리 노래를 만든 사람에게 부탁해서 좀 더 쉽게 편곡하는 게 어떻겠습니까? 연주도 쉬워야 유행이 되지 않겠습니까?"

세션들이 하루 종일 해도 마음에 드는 음을 낼 수 없자 결국 차라리 좀 더 쉽게 편곡을 부탁하자는 소리가 나왔다. 김대칠도 귀가 있기에 연주할 때마다 음정이 흔들리는 것을 모를 리 없다.

보기에는 그냥 쉬워 보이는 음악이라고 생각했는데 실제로 연주해 보니 이건 어려워도 너무 어려웠다. 아주 조금만 음이 늦거나 늘어져 타이밍을 놓쳐도 전체 음의 흐름이 끊어져 버리니 달리 방도가 없는 것이다.

거기다 가이드 송을 불러서 팅클에게 전체적인 곡의 느낌을 알려줘야 하는데 연주부터 흔들리니 가이드 송도 결국 미뤄지게 되었다.

"그보다 녹음은 어디서 합니까?"

현중은 얼른 가이드송까지 모두 해결한 후 마리아 스핀 바로슈를 만나러 가려고 했다. 일찍 끝나리라는 생각도 있었다. 하지만 현중은 몰랐다, 음반 작업이라는 게 얼마나 엄청난 노력과 시간이 필요한지를.

"건물 지하에 있습니다. 가시죠."

작은 소속사의 테스트용 녹음실이지만 가지고 있다는 것만으로도 정말 김대칠이 얼마나 노래에 정성을 들이는지 알 수 있었다.

크기는 생각보다 작았다. 커다란 투명 유리판 뒤편이 가수가 노래를 부르는 곳이고, 입구 쪽에는 컴퓨터와 전자 키보드 한 대와 약간의 믹싱이 가능한 기계가 있었다.

"시설이 조금 누추합니다. 원래 녹음은 다른 곳에서 합니다. 이곳은 우선 연습용으로 사용하는 곳입니다."

현중의 눈에는 이것도 제법 괜찮아 보였다. 물론 정말 앨범 녹음을 전문으로 하는 곳을 가본 적이 없으니 그렇게 생각할 뿐이다.

"그럼 먼저 세션들이 했다는 녹음을 들어볼 수 있을까요?"

"네."

김대칠이 우선 녹음했던 것 중 가장 잘된 것을 잠시 재생하자 곧 작은 녹음실에 음악이 울려 퍼지면서 현중의 귀를 자극하기 시작했다.

빠른 듯하면서도 절도가 있고, 그러서도 흥겨운 듯한 드워프 특유의 성격이 녹아 있는 기본 뼈대는 살리면서, 편곡을 지구의 댄스곡에 맞도록 어느 정도 바꾼 것을 현중도 단번에 눈치챘다.

현중과 가장 가까이서 마족과 싸운 종족이 바로 드워프였으니 오히려 대륙에서 인간들보다 드워프와 오랫동안 지냈다.

그러니 아무리 편곡을 했다지만 현중이 모를 리가 없다.

하지만 현중의 귀에도 뭔가 조금씩 음이 튄다는 느낌이 들기 시작했고, 곧 조금씩 음 전체가 맞지 않는 느낌을 받았다.

"음……."

음악을 들을수록 현중의 표정이 굳어지는 것을 옆에서 슬쩍 바라본 김대칠은 설마 현중이 세션들이 연주하면서 틀린 곳을 알아챘을까 하는 안일한 생각을 했다.

"음이 중반부터 튀는군요. 그리고 중반 이후부터 뒷부분이 어긋나는 것 같고요."

뜨끔!

정확하게 중반부터 음이 튀고, 뒷부분은 전체 음이 어긋난다는 것을 정확하게 짚어내자 김대칠은 결국 다 털어놨다.

사실 현중에게 곡을 부탁할 때부터 이미 김대칠은 현중에게 자신있게 뭔가 할 수 있다고 큰소리칠 만한 것이 없었다. 거기다 앨범 비용을 모두 현중이 부담하고 있으니 현중의 입김이 무엇보다 세기도 하고 말이다.

세션의 고충에 대한 말을 들은 현중은 슬쩍 천심통을 발휘했다. 김대칠은 정말 곤란해하고 있었다.

"테른."

―네, 마스터.

"직접 연주해 봐. 난 안에서 노래를 부를 테니."

그렇게 한마디 하고 현중은 곧바로 노래 부르는 곳으로 들어가 마이크 앞에 섰다.

테른은 전자 키보드 앞에 자리 잡고 앉더니 김대칠을 보면서,

―사장님, 클래식 피아노로 조정이 가능하겠습니까?

"클래식 피아노요? 네. 서른 가지 소리를 낼 수 있도록 나온 제품이라 가능합니다."

―서른 가지요? 음, 그럼 드럼과 클래식 피아노, 그리고 일렉트릭 기타, 베이스, 이렇게 네 가지 소리가 나도록 설정해 주셨으면 합니다.

"네 가지나요?"

보통 악기 소리는 한두 가지만 설정하게 마련이다. 한 사람이 동시에 네 개의 악기를 설정하는 경우는 거의 없었다. 그의 놀람에 테른은 웃으며,

―마스터가 드린 두 곡을 원래 작사, 작곡한 것은 마스터고, 그걸 다시 편곡한 건 접니다. 그러니 그렇게 설정해 주세요.

"헉, 현중 씨가 작사, 작곡을 했다구요?"

김대칠은 놀라서 입을 다물지 못했다. 세션들이 음악만 연주해 보고 음이 좋다면서 극찬을 한 곡이 아닌가? 후반부가 너무 어려워서 그렇지 곡 자체만 보면 지금까지 김대칠이 들어본 곡 중에서 가장 좋았다.

특히나 발라드 곡은 그 애절함과 함께 음악 자체가 사람의 마음을 흔드는 묘한 매력까지 있기에 김대칠은 가장 마음에 들어했다. 그런데 그걸 현중이 작사, 작곡을 했다니 믿어지지 않은 것이다.

물론 테른은 일부러 그렇게 말했다.

그게 가장 현중이 돋보이고 멋져 보이기 때문인데, 이 모든 게 테른이 현중을 세계 최고의 남자로 만들기 위한 작전의 하나였다.

―마스터께서 기다리시는군요.

테른이 정중하게 말하자 김대칠은 잠시 놀란 마음을 추스르고 곧 전자 키보드 설정을 해주고 뒤로 물러났다.

―녹음하세요. 두 번 부를 일은 아마 없을 겁니다.

"아, 네."

테른의 말을 듣고서야 김대칠은 곧바로 녹음 버튼을 눌렀다.

가느다라면서 긴 테른의 손가락이 키보드 위를 움직이기 시작하자 현중의 헤드셋을 통해 음악이 흘러나오기 시작했다. 처음에는 피아노 선율로 시작하더니 곧 드럼이 중심을 잡고 기타와 베이스가 음악에 옷을 입혔다.

"아……!"

밖에서 음악을 듣던 김대칠은 놀라움에 감탄사를 뱉었다.

세션들이 연주하던 때와 완전 다른 음악이라는 느낌을 받은 것이다. 흐르는 물을 따라 떠다니는 배가 연상되는 고요한 평화로움이 곡 전체에 흘렀는데, 중반부에 들어서자 급반전이 시작되었다. 강렬한 선율과 함께 일렉트릭 기타의 음이 전

면으로 나오면서 빠르게 곡 전체를 움직이기 시작한 것이다.

그렇게 곡 전체의 음악을 한 번 연주했다가 테른이 고개를 들어 현중을 바라보자 현중도 대충 알았다는 듯 고개를 끄덕이더니 입을 열었다.

"……!!"

입을 벌린 김대칠은 말을 잇지 못했다.

"이런… 목소리가…….."

마치 사자 한 마리가 날뛰는 듯 허스키하면서도, 마치 목에서 폐가 튀어나올 듯한 강렬하고 호소력 진한 목소리. 테른이 연주하는 음악에 맞춰 하나의 악기처럼 어울려 가는 것을 듣고는 도대체 왜 이런 사람이 가수를 하지 않는지 이해를 하지 못하는 김대칠이다.

"대… 박이다……!"

테른의 완벽한 연주와 현중의 목소리가 하나로 합쳐지자 김대칠의 뇌리에 떠오르는 건 오직 그것 하나였다.

이대로 녹음해서 발표해도 대박이다. 연예계 생활을 한 김대칠은 현중의 목소리가 얼마나 매력 있는지 본능적으로 대번에 알아본 것이다.

그리고 댄스곡이 끝나자 부드러운 피아노 선율이 다시 귀를 감싸면서 건드리더니 간드러지는 듯한 미성이 김대칠의 귀에 들렸다.

“설마…….”

김대칠은 고개를 들어 현중을 바라보자 노래를 부르고 있었다.

“말도 안 돼.”

댄스곡에서는 한 마리의 사자가 포효하는 듯한 거칠고 허스키하면서도 호소력이 강한 목소리라면 지금 발라드에서는 간드러지는 듯한 미성이 피아노 반주에 맞춰 춤을 추고 있는 것이다.

정확하게 발라드에 딱 맞는 감미로운 미성으로 순식간에 바뀌어 버렸다.

한 사람의 목에서 완전 극과 극의 목소리가 나오는 장면을 보고 있는 김대칠은 더 이상 생각하는 것을 잊어버렸다.

김대칠이 공황상태에 잠시 빠져 있는 사이에 두 곡의 녹음이 끝나 버렸다.

딸각.

현중이 두 곡을 다 부르고 방을 나오자 그제야 김대칠이 정신을 차린 듯 급히 헤드셋을 벗고는 우선 녹음 종료 버튼을 눌러 녹음한 것을 곧바로 저장했다.

“이 정도면 세션들도 연주할 만하겠죠?”

“네? 아… 그게…….”

아무리 김대칠이 세션들처럼 연주로 먹고살진 않지만 듣

는 귀는 열려 있었다.

그렇기에 테른이 방금 했던 연주를 전문 세션들이 똑같이 할 수 있을 것이라고는 장담할 수가 없었다. 물론 처음부터 좀 더 쉽게 편곡을 부탁하기로 했던 것이지만 테른의 연주를 듣고는 부탁이 아니라 매달려서라도 쉽게 편곡을 해야만 되겠다는 생각이 들었다.

"저기 현중 씨, 그게 조금 더 쉽게 편곡이 안 되겠습니까?"

"좀 더 쉽게요?"

"네, 그게 대중가요는 아무래도 유행에 민감하다 보니 히트를 하게 되면 따라서 연주하는 밴드가 있게 마련입니다. 하지만 지금 이대로는 저희 전문 세션들도 완벽하게 연주할 수 없는 상황이라……."

곡을 부탁한 데 이어 편곡까지 입맛에 맞도록 다시 부탁하는 김대칠은 미안한 마음뿐이었다.

"대신 작사, 작곡은 현중 씨의 이름으로 저작권 협회에 등록하겠습니다."

"네?"

김대칠의 말에 놀라서 현중이 되물으려는 찰나,

―마스터께서 작사, 작곡을 했다고 말해두었습니다.

테른의 음성이 현중의 뇌리에 울리자 곧 입을 다물긴 했지만 현중은 잠시 테른을 째려봐 주었다. 그러다 결국 한숨을 쉬고는 김대칠을 보면서 마음대로 하라고 했다.

"알겠습니다. 그럼 좀 더 쉽게 편곡을 해보죠. 하지만 이번 편곡도 어렵다고 한다면 저도 더 이상은 힘듭니다. 그 이후는 김대칠 사장님의 능력으로 해결하셔야 합니다."

"네, 감사합니다."

현중은 그렇게 말하고 나가려는데 녹음실의 문이 열리면서 얼마 전에 계약했던 퍼션의 리더인 태성이 들어왔다.

"어? 스폰서님, 사장님, 여기 계셨어요?"

Chapter 05
현중의 가창력

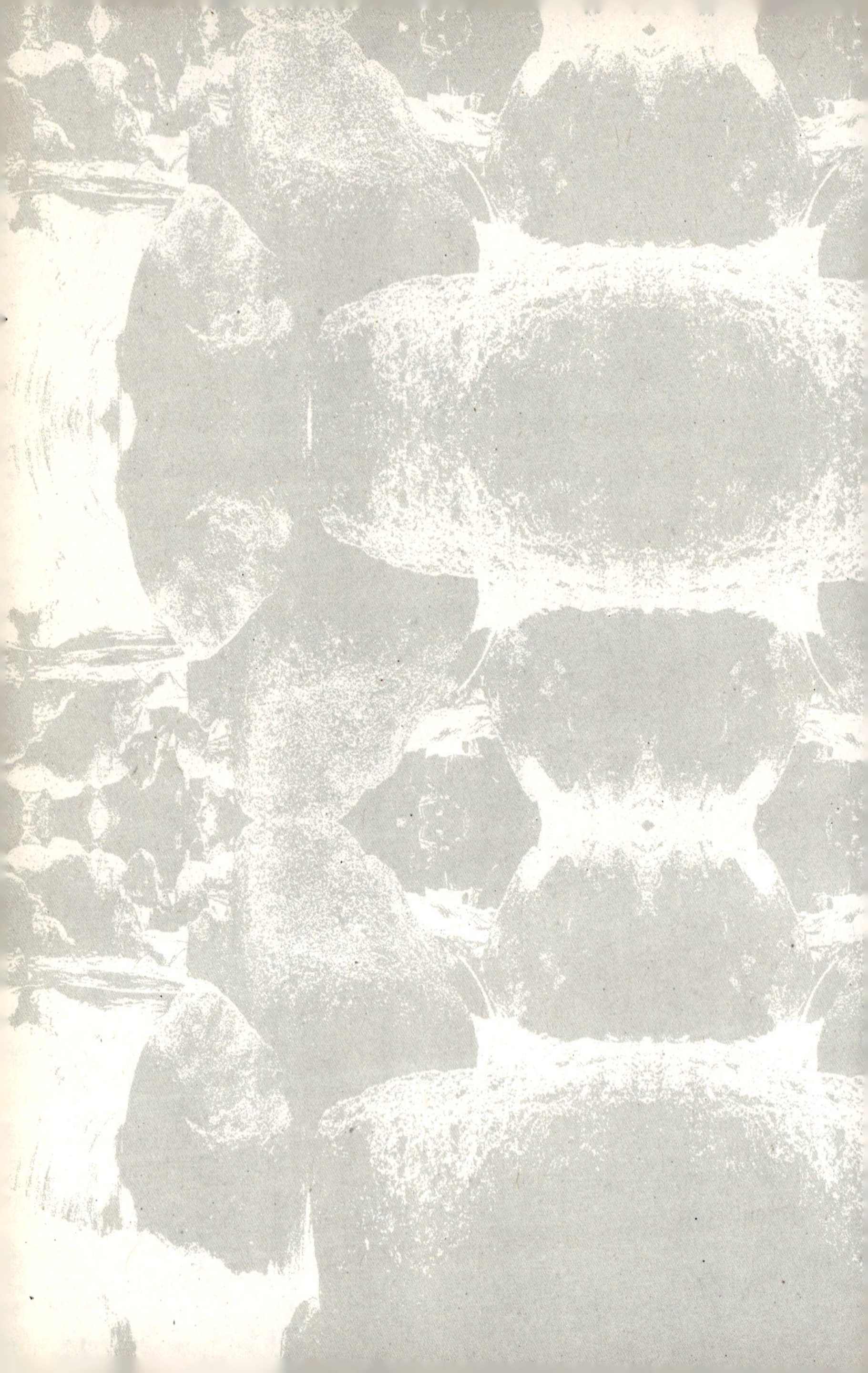

"태성이구나. 어쩐 일이냐?"

엉덩이를 덮는 큰 티셔츠에 헐렁한 청바지 차림이, 딱 봐도 힙합하는 애라는 걸 알아볼 수 있을 만큼 옷차림이 특이한 태성이었다.

"이번에 작곡한 걸 연주해 보려구요."

퍼션과 계약을 할 때 당돌하게도 태성은 자신이 작곡한 곡 세 곡을 앨범에 넣고 싶다고 당당하게 요구한 것이다.

김대칠은 당돌한 퍼션의 요구에 한소리 하려고 했는데 현중이 먼저 나서서 OK해 버리는 바람에 타이밍을 놓쳐서 한마디도 못했다.

"그래? 한번 들어보고 싶은데?"

실력이야 인정하지만 상업용 앨범 작업은 완전히 다른 것이다. 그런 점을 계약할 때 말하지 못한 김대칠이 듣고 싶다고 하자 태성은 전자 키보드 앞으로 가 스스로 세팅을 하기 시작했다.

능숙하게 세팅하는 모습을 보니 절대 초보는 아니었다.

"후……."

잠시 숨을 고른 태성이 자신이 준비한 악보를 앞에 놓고 연주를 시작하자 다들 헤드셋을 하나씩 머리에 쓰기 시작했다.

"……!"

태성이 연주하는 곡을 들어본 김대칠은 흥겹고 경쾌하면서도 리듬이 의외로 쉬운 것에 잠시 놀랐다.

정확하게 상업적으로 성공할 수 있는 음악적 요소를 모두 포함하고 있는 것이다.

거기다 약간의 반복 구간도 있는 것이 충분히 시장에 먹힐 만한 음악으로 생각되었다.

"어떠세요?"

태성은 고개를 끄덕이는 김대칠을 살짝 긴장된 얼굴로 보았고, 현중에게 눈을 돌렸다.

아무래도 돈 대주는 사람이 가장 어려운 법이다.

그런데 현중은 유심히 태성을 바라보다가 자신이 들고 있던 팅클에게 줄 두 곡의 악보를 태성에게 내밀면서,

"연주해 봐."

"네? 이건… 뭐죠?"

악보를 주기에 우선 받아 든 태성이지만 아직 노래 곡목도 없는 악보다.

"팅클이 이번에 타이틀 곡과 서브타이틀 곡으로 쓸 악보다."

"네?"

갑자기 현중이 태성에게 악보를 건네주자 김대칠은 도대체 현중이 왜 저러는지 이유를 몰랐다. 하지만 태성은 스폰서인 현중이 연주를 해보라니 하기로 했다.

악보 보고 연주하는 건 그리 어려운 게 아니기 때문이다.

테른과 달리 태성은 피아노로만 세팅을 하고는 연주를 시작하자 가만히 듣고 있던 김대칠의 눈동자가 찢어질 만큼 커졌다.

"…다른 느낌이라니……. 어떻게… 이런 일이……."

세션들도 포기했던 중반을 넘는 부분에서도 태성의 피아노 반주는 한 치의 오차도 없이 정확하게 연주를 계속하고 있었다. 그렇게 연주된 선율은 먼저 테른이 했던 연주와는 다르게 다가왔다.

테른의 연주가 컴퓨터처럼 정확한 것이 특징이고 좀 딱딱하게 느껴졌다면 태성은 정확한 것은 테른과 같은데 음과 음이 넘어가는 부분이 마치 물이 흐르듯 부드럽게 이어지는 것이 듣는 사람으로 하여금 편안하게 해주는 것이다.

테른의 음악은 압도하는 위엄이 느껴진다면 태성은 감싸 안는 따스함이었다.

어떻게 같은 곡으로 이렇게 다른 느낌이 나는지 반평생 가수들만 키워온 김대철도 처음 겪어보는 상황이다. 그리고 댄스 곡을 넘어 발라드 곡으로 넘어갔을 때도 역시나 테른과 달랐다.

음악에 감정이 느껴진다면 믿어지겠는가?

테른의 연주는 순수하게 현중이 부르는 노래를 보조하는 역할이었다면 홀로 피아노 반주로 연주하는 태성의 손끝에서 태어난 선율은 음 자체로 이미 뜻을 전달하고 있었다.

그저 힙합을 한다고 그동안 태성의 실력을 의심하고 낮게 봤던 김대칠의 선입견이 완전히 뒤바뀌는 순간이다.

그리고 이 모든 상황을 만들어낸 현중을 바라보는 김대칠은 도대체 현중이 어떤 사람인지 궁금해 미칠 것만 같았다.

연예계 바닥에서 살아온 것만 벌써 20년이 넘었고, 나름대로 인재를 보는 눈썰미와 판단이 괜찮다고 생각했는데 그런 자신은 오로지 힙합이라는 하나만 보고 태성을 탐탁지 않게 생각했던 것이다.

"태성 군."

"네, 스폰서님."

연주가 끝나자 태성은 현중에게 악보를 다시 돌려주었다.

"느낌이 어떻지?"

현중의 물음에 태성은 잠시 자신이 연주했던 선율을 생각하면서 느끼는 듯 입을 다물고 있다가 대답했다.

"첫 번째 댄스곡은 중반부에 타이밍이 약간 어렵긴 하지만 좋은 곡입니다. 그리고 두 번째 발라드 곡은 좋긴 한데 다만……."

태성이 뭔가 말을 하려다가 슬쩍 김대칠의 눈치를 살폈다.

"그냥 이야기해 봐. 솔직한 의견을 듣고 싶을 뿐이니까."

현중의 말에 용기를 얻었는지 태성이 입을 열었다.

"냉정하게 판단해서 현재 팅클은 두 번째 발라드 곡을 소화할 가창력이 조금 부족하다고 생각합니다."

현중이 태성의 대답에 씨익 웃으면서 김대칠을 바라보자 그는 조금 기분은 나빴다. 하지만 인정할 건 해야 했다. 그리고 현중의 방금 눈빛에 이번 일로 태성을 추궁하거나 하지 말라는 뜻도 담겨 있다는 것을 눈치챈 듯 고개를 끄덕였다.

"부족하다……. 그럼 태성 군이 생각할 때 가장 가능성이 있는 팅클 멤버는 누구지?"

“세희 씨입니다.”

“왜 그렇게 생각하지?”

“전 팅클의 1집부터 모두 들어봤습니다. 그런데 무슨 이유인지 2집 때부터 세희 씨의 음정이 흔들리면서 고음을 소화하지 못했습니다. 물론 뭔가 이유가 있을 것이라고 생각하지만 만약에 가능성만 따진다면 세희 씨가 가창력은 팅클 멤버 중에서 개인적으로 가장 좋다고 생각합니다.”

같은 기획사에서 한솥밥을 먹고 있는 퍼션의 태성과 팅클이지만 태성은 정말 냉정하고 객관적으로 말하고 있었다.

그런데 웃긴 건 현중도 그렇게 생각하고 있다는 것이다.

오디션 때 퍼션의 가창력은 김대칠도 인정했을 정도로 발군이었기에 현중은 태성의 말에 고개를 끄덕이더니,

“아직 퍼션은 시간이 많지?”

“네. 뭐, 연습에다 카메라 적응이 문제이긴 하지만 당장 팅클 앨범 때문에 저희는 한가한 편입니다.”

원래는 동시에 앨범 작업을 할까 했다. 하지만 동시에 그룹 두 개를 앨범 작업하기에는 기획사가 크지도 않았고 사람도 많지 않았다.

그리고 계약할 때 자작곡을 넣기로 했기에, 아직 완성되지 않은 곡 때문이라도 매일 춤 연습과 함께 방송 카메라 연습으로 하루하루를 보내고 있는 퍼션이었기에 시간이 많긴 했다.

“그럼 나랑 같이 세희 양 보컬 트레이닝을 해줬으면 하는데……”

“네? 그게 무슨… 말씀이신지……”

“말 그대로 보컬 트레이닝을 해줬으면 한다는 거야.”

“저희가요?”

태성이 놀라서 현중에게 되묻자 현중은 고개를 저으면서,

“퍼션이 아니라 태성 군에게 말한 거야.”

“저에게 말입니까? 제가 무슨 자격으로……. 팅클은 이미 저희보다 선배인데……”

당연히 팅클이 데뷔를 먼저 했으니 선배이긴 했다. 하지만 그건 방송 생활이고 가창력은 완전 다른 문제라고 생각하고 있는 현중은 태성의 어깨를 슬쩍 잡고는,

“시간 내봐. 조만간에 보컬 트레이닝 들어갈 테니까.”

“자신이 없는데……”

말꼬리를 늘리는 태성의 모습에 현중이 씨익 웃고는 그냥 돌아서 녹음실을 나가자 김대칠도 곧 현중을 따라나섰다.

“현중 씨.”

밖으로 나오자 김대칠은 급히 현중을 부르면서,

“왜 그러시죠?”

“저기… 왜 태성 군에게 보컬 트레이너를 부탁한 건지 알고 싶어서 그렇습니다.”

자신이 궁금해서 물어본다고 말하지만, 김대칠의 눈동자에는 알게 모르게 현중이 너무 앞으로 나서는 것에 대한 불만이 약간 드러나 보였다. 천심통은 적개심이나 질투, 시기심 등 현중에게 나쁜 결과를 만들어내는 감정에도 제법 민감한 편이었다.

“제가 너무 나서서 일을 처리한다고 생각하시는군요.”

뜨끔!

“하하하, 무슨 그런 말씀을……. 현중 씨는 이제 저희와 한 배를 탄 동료 아니겠습니까. 그런 말씀은 하지 마세요.”

김대칠은 현중에게 속이 다 들켜 버려 급 당황한 듯 웃으면서 대충 말을 얼버무렸다. 하지만 덕분에 입은 웃지만 눈동자는 웃지 않는 묘한 표정이 되었음을 스스로는 몰랐다.

“뭐 이쯤에서 사장님이 원하신다면 그냥 돈만 지원해 드릴 수도 있습니다.”

현중은 오히려 특유의 미소를 지으면서 손을 뗄 수도 있다고 말했다. 하지만 김대칠의 입장에서는 현중이 이런 식으로 손을 떼면 난감해지는 건 자신이었다.

어찌 되었든 팅클과 퍼션의 스폰서를 해주기로 했다.

다른 스폰서들처럼 여성 그룹을 뒤에서 지원하면서 따로 불러내거나 하는 것도 없다. 정말 말 그대로 돈만 지원해 주고 수익률을 받아가려고 하는지 개인적으로 세희에게 접근한 적도 없었다. 사무실에 별다른 요구를 한 적도 없기에 현중을 잠시 만만하게 생각했던 것이 김대칠의 실수였다.

현중이 여자에게 별 관심이 없고 크게 돈에 구애받지 않는 성격이기에 가능한 것일 뿐 굳이 현중도 김대칠 쪽에서 원하지 않는다면 더 이상 기획사에 신경 안 쓰면 그만이다.

즉, 아쉬울 것 하나 없는 현중에 비해서 김대칠은 이번 한 번만 낼 것도 아니고, 현재 부탁한 편곡 문제도 있었다. 너무 욕심나는 두 곡이라는 것도 문제였다.

"이런, 제 말을 오해하셨나 보군요. 그냥 순수하게 가창력이 좋긴 하지만 아직 방송 경력이 없는 태성 군에게 보컬 트레이너를 하도록 한 게 궁금할 뿐입니다."

씨익~

현중은 다 알고 있지만 적당한 선에서 사람을 다뤄야 한다는 것을 이미 잘 알고 있기에 슬쩍 김대칠의 곁으로 가서 귓가에 속삭였다.

"태성 군은 절대음감입니다."

"네?"

현중의 말에 놀라서 김대칠이 몇 걸음 물러나자,

"말 그대로입니다. 태성 군은 절대음감입니다. 아시죠? 모든 소리의 음을 구분해서 들을 수 있다고 하는 절대음감 말이죠."

“그, 그게 사실입니까?”

“의심스러우시면 확인해 보십시오. 이곳은 가수를 키우는 기획사이니 그 정도는 알아서 하실 수 있을 것이라고 생각됩니다.”

그 말을 끝으로 현중은 몸을 돌려 기획사를 나왔다. 하지만 김대칠은 머릿속이 복잡하기만 했다.

“도대체 저 사람은 어떤 사람이기에 한번 왔다 갈 때마다 머릿속이 복잡하기만 한 거냐고. 나 참.”

수많은 사람을 상대하는 김대칠의 직업상 사람을 파악하는 데 탁월한 능력과 경험이 있었지만 그 어떤 경험과 능력도 현중 앞에서는 무용지물이었다.

도대체가 속을 알 수가 없는 것이다.

무슨 생각을 하는지 알아야만 자신도 거기에 맞춰서 움직일 텐데 손뼉도 마주쳐야 소리가 나듯 현중을 어느 정도 파악해야 자신도 뭔가 할 수 있었다.

하지만 현중의 의도와 생각을 읽기는커녕 처음 만났을 때부터 계속 끌려 다니고 있는 건 김대칠 자신이었다.

그러다 보니 알게 모르게 질투가 생기는 건 어쩔 수 없었다.

거기다 팅클 멤버들도 은근히 소속사 사장인 자신보다 현중에게 의존하는 경향을 보이는 것도 한몫했다.

아직 김대칠은 현중이 인질 사건 때 팅클을 구해줬던 그 남자인 줄 전혀 모르고 있었다.

비교하자면 딸의 남자친구 소개받은 아버지의 느낌이라면 대충 이럴 것이다.

"그보다 태성 군이 절대음감이라……."

절대음감이라는 것이 그냥 눈으로 본다고 알 수 있는 것이 아니기에 김대칠은 현중의 말에 반신반의하면서 다시 녹음실로 내려가서는 여러 가지 테스트를 시작했다.

그리고 세 시간 뒤에 나와서는 너털웃음을 터뜨릴 뿐이었다.

"정말… 절대음감이었군. 하하하하!"

김대칠은 웃을 수밖에 없었다.

*　　　*　　　*

김대칠의 웃음을 현중은 알지도 못한 채 맥라렌을 몰고 대전으로 향했다. 그러다 잠시 신호등을 받고 서 있는 와중에 룸미러를 슬쩍 바라봤다.

"아직도 따라오는군."

정확하게 기획사에서부터일 것이다.

현중이 기획사를 벗어나서부터 일정 거리를 두고 현중을

따라오는 차량이 있었다.

처음엔 맥라렌 자체가 국내에 한 대밖에 없는 차라서 구경 삼아 오는 사람들이 제법 있기에 그런 사람인가 보다 하고 별 신경 쓰지 않았었다. 그런데 15분 동안 일부러 돌아서 움직인 결과 정확하게 차 서너 대 정도 거리에서 꾸준히 현중을 따라오는 게 포착되었다.

즉시 현중이 기감 영역을 펼쳐 보니 차에는 모두 다섯 명의 건장한 남자가 타고 있는데 어째 낯익은 느낌이다.

"테른."

현중이 나직하게 부르자 소속사에서 곡을 다시 편곡하기 위해 먼저 집으로 돌아갔던 테른이 맥라렌 뒷좌석에 모습을 드러냈다.

"누군지 알아봐."

─네, 마스터.

그 말을 끝으로 테른의 몸은 차 속으로 스며들 듯 사라져 버렸고, 다음 신호에서 멈췄을 때 다시 테른이 돌아왔다.

─마스터.

"어떤 녀석들이지?"

─최강석을 처리하러 갔을 때 집을 보호하고 있던 경호원들입니다.

"그 별장에 있던 경호원?"

테른의 말을 듣고서야 왜 느낌이 낯익었는지 현중은 이해가 되었다. 뭔가 기분 나쁜 예감이 느껴지자 그는 1차선에서 4차선으로 급히 변경하여 오른쪽 골목으로 들어갔다.

그러자 그들도 급히 차선을 변경해서 현중의 뒤를 따라 움직였다.

"내 존재를 눈치챘군."

현중은 사이드미러로 자신을 급히 따라 차선을 변경하는 검은 세단을 확인하고는 쓴맛을 다셨다. 웬만하면 최강석을 끝으로 더 이상 대동그룹과 엮이고 싶은 생각이 없었기 때문인데 인연의 끈이라는 게 그렇게 쉽게 끊어지지 않는 법이다.

―죄송합니다, 마스터. 제가 뭔가 빠뜨린 게 있는 듯합니다.

테른이 최박식 부장을 처리하면서 현중에 대한 자료를 최대한 지워 버렸는데 어떻게 알았는지 현중을 정확하게 뒤따라오고 있는 것이다.

맥라렌 F1이 국내에 한 대뿐이니 착각해서 따라오는 것은 절대로 아니었다.

"아니야. 인연의 끈이란 게 원래 처음 맺은 자가 풀어야 하는 법이지."

―알겠습니다.

"테른, 넌 차를 끌고 집으로 돌아가 있어."

아파드 단지의 한적한 도로까지 들어온 현중은 그들이 확실히 자신을 찾아온 것이란 것을 알고는 그대로 맥라렌에서 내렸다. 테른도 같이 내리더니 주위에 아무도 없자 곧바로 아공간을 열어서 맥라렌을 집어넣어 버렸다.

"굳이 그럴 필요 있어?"

테른이 아공간에 맥라렌을 집어넣자 자신을 따라다니겠다는 뜻으로 알고 현중이 슬쩍 한마디 하자,

—어차피 집에는 시리가 있으니 전 마스터 곁에만 있으면 됩니다.

그 말을 끝으로 현중의 그림자로 스며들 듯 사라져 버린 테른이다.

그런 테른의 모습에 현중은 시리를 혈족으로 받아들인 이유가 아마 좀 더 자신이 현중의 곁에 붙어 다니기 위해서일 것이 분명하다고 생각하고는 그냥 웃어버렸다. 너무나 충성스러운 녀석이기에 바보스러우면서도 한편으로는 든든하기도 했다.

그보다 지금 서 있은 지 1분이 넘었는데도 미행하던 검은 세단은 현중의 시야에 보이지 않았다.

"미행하는 것치고는 느리군."

금방 따라올 것이라고 생각했던 것과 달리 조금 더 기다려서야 검은 세단이 현중의 눈에 보였다.

검은 세단은 현중을 빠르게 스쳐 지나다가 뒤늦게 봤는지,

끼이익!!

차는 10m 정도 더 가다가 고무 탄 냄새를 풍기며 급 후진했다. 현중의 바로 앞까지 온 차가 정지하더니 네 명의 검은 정장의 건장한 남자들이 쏟아져 나와 현중을 에워쌌다.

현중을 에워싼 네 명의 건장한 남자 중 대머리에 선글라스가 참 잘 어울린다는 생각이 드는 남자가 낮은 목소리로,

"김현중 씨, 뵙고자 하는 분이 계십니다."

그들도 가타부타 설명이나 질문을 하지 않았다. 곧바로 현중의 양팔을 움켜잡아 꼼짝 못하게 하더니 그대로 차에 태웠다.

현중이 강제로 차에 태워진 채 출발하자 뒤로 똑같은 검은 세단이 하나 더 등장해 따라 붙었다.

"어디로 가는 거죠?"

현중은 조금의 동요도 없이 한마디 물었지만 그들이 대답해 줄 리가 없었다.

뭐 애초에 현중도 대답을 바라고 물어본 건 아니었다. 하지만 앞좌석에 앉아 있던 대머리 녀석이 뒤를 돌아보면서 현중과 눈이 마주치는 순간,

씨익~

현중은 웃었고, 대머리 녀석은 현중이 왜 웃는지 이유를 몰랐다.

그 후로 눈을 감아버린 현중은 강제로 끌려간다고 믿어지지 않을 만큼 편안하게 가만히 있었고, 오히려 현중을 납치한 녀석들이 힐끔거리면서 현중을 살펴보기 바빴다.

"대장, 자는 걸까요?"

찌릿!

현중의 왼팔을 잡고 있던 녀석이 결국 앞좌석의 대머리를 향해 물어보자 대답 대신 살벌한 눈빛만 되돌아왔다. 물어본 녀석은 지레 겁먹고 입을 다물어 버렸다.

그렇게 한 시간 정도 갔을까?

드디어 차가 섰다.

끼익.

부드럽게 섰다기보다는 그냥 대충 세운 듯 차가 약간 움직이면서 섰다. 그제야 현중도 감았던 눈을 떴다.

"도착했군요."

"……."

"……."

너무나 태연한 현중의 모습에 오히려 질려 버린 건 납치한 그들이었다.

허세? 오기? 배짱일까 하는 생각이 들었지만 절대로 그게 아니었다. 그들도 나름 특수부대를 나온 정예들로 호흡 소리만 듣고도 정말 자는지 아니면 자는 척을 하는중지 알 수 있는 능력 정도는 있었다.

그런 녀석들은 현중이 정말로 잠들었다고 생각한 것이다. 아무리 사람이 자는 척을 해도 호흡까지는 쉽게 감추지 못했다.

심리적으로 언제 움직일지 때를 기다리기 때문에 자연스럽게 호흡이 흐트러질 때가 있을 수밖에 없었다. 사람이라면 당연했다.

다만 잠이 든다면 완전히 수면상태라서 그런 갈등도 없고 긴장감도 없기에 호흡이 고를수 있었다.

그런데 지금까지 오면서 눈을 감은 현중의 호흡은 너무나 편안하고 규칙적이었던 것이다. 그리고 눈을 뜬 현중은 정말 잠을 잔 듯한 눈과 표정까지 보이고 있으니 과연 자신들이 납치를 한 건지 아니면 현중을 데리러 간 건지 헷갈릴 정도였다.

"아직 하주혁 회장님이 오지 않았나 보군요."

흠칫!!

한순간 운전하고 있던 사람까지 해서 다섯 명의 검은 정장의 몸이 떨렸다.

아직 어떠한 말도 하지 않았는데 정확하게 현중의 입에서 하주혁 회장이라는 이름이 나오자 당황한 것이다.

"산중턱이라……. 뭐 나름 경치는 괜찮은 곳이군요."

너무나 여유만만한 현중의 모습은 지금 특수부대에서 특공 무술로 단련된 다섯 명에 둘러싸여 있다는 것을 전혀 느낄 수 없었다.

그리고 잠시 뒤에 고급 흰색 외제차가 한 대 들어오더니 현중이 타고 있는 차 바로 옆에 섰다.

딸각.

흰색 고급 외제차가 도착하고서야 현중은 차에서 내릴 수 있었는데 역시나 하주혁 회장이 뒷좌석에서 내렸다.

차에서 내린 현중이 하주혁 회장을 바라보자 하주혁 회장도 그런 현중을 조용히 바라보고 웃었다.

"헛헛헛, 배짱이 좋군."

하주혁은 지금쯤이면 당황하고 겁에 질려 있는 현중의 모습을 예상했는데 오히려 당황하고 있는 건 자신이 보낸 경호원이고, 여유로운 건 똑바로 자신을 바라보고 있는 현중이었다.

"남자란 모름지기 배짱이 있어야 하는 법이죠."

"허허허헛, 그래, 그건 틀린 말이 아니지. 그럼 내가 누군지도 알겠군."

"대동그룹의 하주혁 회장님 아니십니까."

“잘 아는군.”

보통 젊은 사람들은 자신을 잘 몰랐다. 아니, 천산그룹의 회장은 국민의 대부분이 알지 모르지만 아직 50위 정도 되는 대동그룹의 하주혁 회장은 방송에 나온 적도 거의 없고 크게 나선 적도 없기에 이제 20대인 현중이 자신을 알고 있으리라고는 생각지 못했던 것이다.

“어느 정도 눈썰미는 있으니까요.”

“흠…….”

하주혁은 현중을 보면서 뭔가 잠시 생각하더니,

“자네, 홍지연을 알고 있는가?”

하주혁의 입에서 홍지연이라는 이름이 나오자 1초의 망설임도 없이 대답했다.

“네, 잘 알고 있습니다. 한때 사랑했던 여자입니다.”

“사랑했던?”

하주혁은 자신이 알고 있는 정보와 약간 다른 듯 눈꼬리를 살짝 올리면서,

“사랑했던… 이라는 말은 이제 사랑하지 않는다는 말인가?”

“과거의 인연은 과거일 뿐이지요. 요즘은 젊은 남녀가 만났다 헤어지는 경우가 많지 않습니까?”

“흠…….”

하주혁은 왠지 현중의 대답에 뼈가 있다는 느낌을 받았지만 아직 물어볼 말이 많았다.

"그럼 최강석을 알고 있는가?"

"네, 지연이와 결혼할 사람으로 알고 있습니다."

"…흠, 역시… 알고 있군."

거리낌없이 대답하는 현중에게서 하주혁 회장은 이상하게 자꾸 본능적으로 뭔가 안 좋다는 느낌을 계속 받는 중이었다. 이건 경험이나 그런 게 아니었다.

오로지 본능적인 느낌일 뿐이지만 지금껏 대동그룹을 일으키는 과정에서 이 느낌 덕분에 수많은 위험을 넘겼으니 결코 그냥 느낌으로만 치부할 수는 없었다.

하주혁 회장의 눈동자가 날카롭게 변했다.

"그런데 그걸 자네가 어떻게 알고 있지?"

쏘아보듯 노려보면서 현중을 향해 물어보는 하주혁이지만 현중은 표정의 변화가 조금도 없이

"소문으로 들었습니다."

현중의 대답을 들은 하주혁은 코웃음을 쳤다.

"흥! 지금 나를 놀리는 건가? 지연이와 강석이의 약혼식은 철저하게 부모들만 참석해서 비밀리에 치렀는데 그걸 자네가 알고 있다니 이상하지 않는가?"

집요하게 캐묻는 하주혁의 모습에서 현중은 슬며시 천심

통을 발휘했다. 역시나 테른의 실수가 아니었다.

현중과 최박식, 그리고 최강석의 연결고리는 정말 깨끗하게 지워져 있었다. 다만 현중과 홍지연과의 관계가 남아 있기에 최강석을 조사하면서 자연스럽게 약혼자인 홍지연에 대해서도 하주혁은 같이 조사한 모양이다.

그러다가 홍지연에게서 하주혁 자신이 전혀 모르고 있던 남자인 현중이 튀어나온 것이다. 그래서 현중에 대해서 알아보았고, 이상하게 현중이 제대를 하고 나서의 정보를 도저히 구할 수가 없었다.

국내에서 한 대뿐이라는 25억짜리 맥라렌 F1을 몰고 다니는 20대 대학생이라는 보고를 듣고는 직감적으로 뭔가 이상하다고 생각한 하주혁은 홍지연을 다그쳤다. 결국 현중과의 사이와 최강석과의 결혼 조건에 대해서도 모두 다 털어놓은 홍지연의 말에 순간 하늘이 노래져 뒷골을 잡고 쓰러질 뻔했던 하주혁이다.

서로 사랑한다고 생각했던 홍지연과 최강석이 단지 조건이 맞아 결혼할 뿐이라는 사실을 알게 되자 그 충격이 너무나도 컸다.

그때 불현듯 현중과 최강석이 뭔가 관계가 있지 않을까 하는 생각이 든 것이다.

물론 당장 홍지연을 쫓아내고 싶은 하주혁이지만 하반신

불구에 완전 바보가 되어버린 최강석을 그래도 옆에서 보살펴 주고 병수발 들어주는 사람이 홍지연밖에 없다 보니 화만 내고 병실을 박차고 나와 버렸다.

그리고 곧바로 현중을 찾아 나선 것이다.

"그럼 자네는 최강석이 최근에 사고를 당한 것도 알고 있겠군."

이제는 잡아먹을 듯 노려보는 하주혁의 눈빛에도 현중은 태연했다.

"인터넷으로 본 적이 있습니다. 하반신 불구라고 하더군요. 거기다 백치가 되었다고."

"그만!!"

현중의 말을 도중에 끊어버린 하주혁은 분을 이기지 못한 듯 잠시 거칠게 숨을 쉬다가 다시 현중을 노려봤다.

"자네가 그랬나?"

"무슨 말씀이신지 모르겠습니다."

분명히 현중이 그랬을 것 같은 느낌이 들었다. 이건 느낌일 뿐이다. 그러나 현중을 계속 몰아붙일수록 하주혁은 이상하게 기분 나쁜 느낌이 점점 더 강해지고 있었다.

"강석이를 그 모양으로 만든 게 자네인지 묻고 있는 거네."

뭔가 확신을 가지고 물어보는 듯한 하주혁의 모습에 현중은 대답 대신,

씨익~

웃었다. 그리고 잠시 주변의 산을 둘러보면서,

"경치가 제법 괜찮은 곳이죠?"

"지금 나를 놀리는 건가?"

뭔가 현중에게 끌려가고 있다는 것을 느낀 하주혁이 뭐라
고 한소리 하려는 찰나,

"제가 그랬습니다."

"……!!"

너무나 쉽게 대답하는 현중의 모습에서 하주혁은 잠시 자
신이 잘못 들었는지 의심이 들어 다시 물었다.

"다시 한 번 말해주겠나?"

"최강석을 반신불수로, 바보로 만든 게 저라고 말했습니
다."

여전히 웃으면서 말하는 현중의 모습에 결국 피가 거꾸로
솟은 하주혁은 노구에도 불구하고 산이 떠나가라 소리쳤다

"이놈!!"

촤라라락! 촤라라락!

하주혁의 고함 소리가 터지자 하주혁을 둘러싼 사내들의
품에서 5단봉이 튀어나왔다.

그리고 누가 명령하지도 않았는데 두 명이 하주혁 회장의
앞쪽에 서고 나머지 열 명은 현중을 둘러쌌다.

“감히!! 대동그룹의 후계자를 그 꼴로 만들고 무사할 줄 알았더냐!!”

우연히 느낌이 이상해서 현중을 찾아온 하주혁은 피가 거꾸로 솟을 정도의 분노로 거의 이성을 잃어버리기 직전이었다.

“후훗, 후계자라……..”

반면 현중은 오히려 얼굴에 미소를 지운 채 차분한 목소리로 하주혁을 바라보면서,

“마약으로 여자를 중독시켜 죽인 게 다섯 명, 외국 인신매매단에 팔아버린 게 열 명, 자신이 찍은 여자에게 남자가 있다는 이유로 남자를 죽인 게 여섯 명. 이게 그대가 말하는 후계자인가?”

흠칫.

하주혁은 순간 현중의 목소리에 뭔가 이상한 느낌을 받고 한 걸음 뒤로 물렀다.

그리고 뒤늦게 자신이 상대의 목소리에 물러났다는 것을 깨닫고는 놀라서 현중을 바라보자, 오히려 현중은 너무나 태연한 자세로,

“다시 묻는다. 그따위 쓰레기가 너에게는 후계자인가?”

오싹!

완전히 말투부터 바뀌어 버린 현중의 분위기가 180도 달라

져 있었다.

현중을 둘러싸고 있던 경호원들도 현중의 몸에서 갑자기 뿜어져 나오는 엄청난 위압감에 뒤로 몇 걸음 물러나 있는 상태다. 하주혁이 한 걸음만 물러난 것은 오히려 대단한 것이다.

"내 핏줄을 그렇게 만들고 오히려 큰소리치는 거냐!! 네 이놈!!"

애써 현중을 향해 고함을 쳤지만 하주혁이 생각했던 전개는 이게 아니었다. 자신은 특수부대를 나온 열두 명의 경호원이 있고 현중은 혼자다. 아무리 대단한 실력을 지닌 사람이라도 이들 앞에서는 아무런 소용이 없다.

그리고 알아본 결과 현중은 보통 사람들이 모두 가는 평범한 군대생활을 하다 제대했고, 일생이 평범했던 것이다. 그런데 이 위압감은 도대체 뭐란 말인가?

특공무술로 단련된 자신의 경호원들이 오히려 물러날 정도로 엄청난 압박이 뿜어져 나오고 있다.

"그래서?"

"뭣이라!! 말해라! 강석이를 어떻게 해야 다시 고칠 수 있는지!"

의학적으로는 최강석은 더 이상 어떻게 손을 쓸 수 없는 상황이었다. 자연치유력이 완전히 사라져 버렸는지 팔꿈치는 아예 치료조차 불가능했고, 하체는 아무리 검사를 해도 이상이 없음에도 걷지를 못하고 있는 것이다.

미국의 유명한 의사까지 초빙해서 알아봤지만 역시나 이유를 알 수가 없었다. 그러다 우연히 침술에 능한 의원이 최강석을 찾아와 침을 놓으면서 한 말이 있다.

"배꼽을 기준으로 아래쪽의 모든 혈맥이 막혀 있습니다."

그리고 자신도 지금까지 이렇게까지 완벽하게 신경을 살린 채로 혈맥을 막아 하반신을 불구로 만드는 실력을 가진 사람을 본 적이 없다는 것이다.

그러면서 이건 시술한 사람만이 풀 수 있다고 하고는 결국 침술에서는 세계적으로 알아주던 의원도 포기해 버린 것이다.

상황이 이렇게까지 몰리자 하주혁은 정말 미칠 지경이었다.

한명희 대동전자 사장이 벌써부터 다음 대 회장으로 이야기가 오르고 있는 중이다.

이러다가 자신이 피땀 흘려 키운 대동그룹을 한명희에게 홀라당 뺏기게 생기자 더욱더 최강석을 어떻게든지 정상으로 돌리는 데 집착할 수밖에 없었다.

그리고 그저 느낌대로 한번 찔러나 보자는 식으로 현중을 찾았는데 스스로 자신이 그렇게 만들었다고 말하자 결국 그 냉정하던 하주혁도 감정적으로 나갈 수밖에 없었다. 하지만 그런 하주혁이야 어찌 되었든 현중은 최강석을 고쳐줄 생각이 전혀 없었다.

"내가 왜 그걸 말해줘야 하지?"

어깨까지 으쓱거리는 제스처를 취하면서 코웃음을 치는 현중의 모습에 하주혁은 당장 달려가서 현중의 멱살을 쥐고 흔들고 싶은 마음뿐이었지만 이상하게 발이 떨어지지 않았다.

"네놈… 정말 죽는 게 두렵지 않는구나!!"

"후후훗, 죽음이라……. 결국 적이라는 말이군."

손바닥 뒤집듯 지금 이곳의 분위기를 좌우하고 있는 현중은 잠시 자신을 둘러싼 경호원을 바라봤다. 테러 진압용으로 만들어진 듯한 5단봉의 금속 표면이 햇빛에 비쳐 번쩍거렸지만 현중은 그런 금속 방망이 따위는 관심조차 없었다.

"살고 싶은 놈은 지금 물러나라."

조용하지만 자신을 둘러싸고 있는 경호원들에게 하는 말치고는 이해가 되지 않는 말이다. 10대 1의 상황이다. 진압용 무기도 있고 다들 특공무술의 유단자다.

그런데 오히려 물러나라는 현중의 말에 경호원들이 뒷걸

음질을 치는 믿지 못할 상황이 벌어졌다.

"뭐하자는 거냐!!"

보다 못한 하주혁이 큰 소리로 호통을 치자 그제야 경호원들도 발걸음을 멈추고는 오히려 자신들이 어리둥절해했다.

본능적으로 몸이 뒷걸음질 친 것을 알 리가 없다.

"대동그룹의 하주혁은 들어라. 가진 자는 가진 만큼 의무가 있다. 이건 명예이자 필수적인 조건이다. 노블리스 오블리제, 가진 만큼 책임도 무겁다는 것을 알고 있나?"

"건방진 녀석!! 새파랗게 어린 녀석이 계속 반말로 나를 훈계하려는 거냐!!"

"훈계? 크크크큭."

얼굴까지 붉게 변한 하주혁의 노성에도 현중은 오히려 웃으면서,

"훈계라니… 뭔가 착각하는군. 난 적에게 훈계를 할 만큼 착하지 못해서 말야. 그리고 이따위 근육만 키운 것들을 믿고 나를 협박했나?"

딱!

현중이 여유있는 손놀림으로 손가락을 튕기자 경쾌한 소리가 울리는 것과 동시에,

퍼퍽퍽퍽퍽퍽퍽퍽퍽퍽!!

털썩털썩.

현중을 둘러싸고 있던 경호원 전원이 한꺼번에 그대로 바닥에 쓰러졌다.

모두 눈에 흰자위를 드러내고 혀까지 빼 물고 있는 것을 보니 일격에 즉사했는지 미동조차 없었다.

“……!!”

경호원들이 모조리 쓰러지고 난 뒤 홀연히 현중의 옆에 나타난 한 명의 남자를 보는 순간 하주혁은 두 눈을 부릅떴다.

“언… 제…….”

나타난 것을 전혀 보지 못한, 색기가 흘러내리는 듯한 오묘한 느낌을 주는 금발의 테른이 현중의 곁에 나타난 것이다.

거기다 현중을 향해 고개를 숙이면서 한 발짝 뒤로 물러나는 것을 보니 예사 관계가 아닌 것이 확실했다.

수십 년 동안 사람들 위에서 군림했던 하주혁이다. 잠깐의 행동으로도 추리해 내는 통찰력은 대단히 좋은 편이였다. 하지만 오늘은 그 통찰력으로 본 테른과 현중이 자신의 적이라는 것이 문제였다.

저벅저벅.

현중이 하주혁의 곁으로 다가오자 황급히 현중을 막아서기 위해서 남아 있던 두 명의 경호원이 달려들었지만,

퍼걱! 퍽!

현중에게 닿지도 못하고 그 자리에서 다른 녀석들과 같이

혀를 빼 물고 땅으로 쓰러져 버렸다.

저벅저벅.

압도적인 힘. 이건 너무 압도적인 힘의 차이였다. 돈으로 사람 위에 군림했던 하주혁이 느끼지 못한 힘과 압박감은 마치 자신이 조그마한 애기가 된 듯한 착각을 불러일으켰다.

"하주혁."

"……."

그래도 자존심은 있는지 굳게 입술을 깨물고 똑바로 현중을 바라보는 하주혁의 모습에 현중은 피식 웃으면서,

"자신의 핏줄이라도 잘못을 하면 내치는 것이 귀족의 본분이다. 귀족이란 솔선수범해야 하며 모범이 되어야 한다. 그걸 알고 있나?"

"헛소리 마라!"

고물상에서 시작해 대동그룹을 키운 하주혁에게 노블리스 오블리제 같은 사상이 있을 리가 없다. 오로지 돈을 모으고 돈을 벌고, 그 돈으로 다시 돈을 벌고, 돈으로 돌고 도는 세상에 적응하면서 키운 것이 지금 대동그룹이다.

하주혁이 발악하듯 내뱉은 지금 그 한마디로 현중은 하주혁에 대한 처벌을 결정했다.

"자격이 없는 자가 위에 있으면 결국 망하는 법이지."

그 말을 끝으로 현중이 몸을 돌리자 하주혁을 짓누르던 압

박감이 거짓말처럼 사라져 버렸다. 그리고 압박감에 억지로 버티던 몸도 힘이 풀리면서 휘청거렸다.

"하주혁, 기다려라. 네가 가진 모든 것을 거두어주마. 너는 그 자격을 상실했으니."

그리고 하주혁이 보는 앞에서 현중은 사라져 버렸다. 마치 바람에 녹아들 듯 흐릿해지더니 거짓말처럼 사라진 것이다.

그냥 모르는 사람이 봤으면 헛것을 봤다고 할 수도 있겠지만 지금 하주혁의 눈앞에는 혀를 빼 물고 완전히 즉사해 버린 경호원 열두 명의 쓰러진 몸뚱이가 그것이 사실임을 말해주고 있었다.

"말도 안 돼. 도대체 이 힘은… 압박감은… 도대체… 뭐란 말이야."

지금까지 세계적으로 대단하다는 사람을 웬만큼 만나봤다고 생각했던 하주혁이다. 사업을 하다 보면 정말 많은 사람을 만나게 된다. 조직폭력배의 보스도 만나게 되고, 대통령도 만났고, 세계에서 어느 정도 카리스마와 힘을 갖춘 사람도 만났다.

그러다 보니 자연스럽게 죽을 고비도 몇 번 넘기면서 지금 이 자리에 올라선 것이 바로 하주혁이다.

원래 부자였던 천산그룹과 달리 대동그룹은 하주혁 스스로의 힘으로 일으켜 세운 자신의 모든 것이다. 피와 땀의 결정체가 바로 대동그룹이다. 하지만 방금 현중에게서 느꼈던 위압감은 차원이 달랐다.

"과연 사람인가……."

절대적인 힘이 느껴지는 현중 앞에서는 하주혁은 정말 아무것도 아니었다.

말 한마디 한마디가 온몸의 소름을 돋게 만들 정도로 치가 떨렸다.

그리고 그는 사라져 버렸다.

"……."

하주혁은 현중에게서 받은 정신적 충격을 벗어나기 위해 한참을 그렇게 앉아 있어야 했다.

몇 시간 뒤에 하주혁이 연락이 없자 급히 찾아 나선 다른 경호원들에게 발견되기 전까지 그는 그 자리에 계속 앉은 채 먼 산만 바라보았다고 한다.

대전으로 내려가서 마리아를 만나려고 했던 모든 계획을 취소하고 오피스텔로 돌아온 현중은 시리가 내준 녹차를 마시면서 조용히 소파에 앉아 눈을 감은 채 생각에 잠겼다.

"테른."

─네, 마스터.

"난 지구에서 그냥 평범하게 살려고 했다. 그래서 가능하면 모른 체하려고 했지.”

―알고 있습니다.

“하지만 인연이라는 끈은 결코 쉽게 풀어지지가 않는구
나.”

뭔가 현중이 결정을 내리기 전에 꼭 몇 번이고 되짚어 생각
하는 버릇이 나오자 테른은 드디어 현중의 심경에 변화가 생
겼다는 것을 느꼈다.

대륙에서는 정말 질풍노도와 같은 현중이었다. 거칠 것이
없었고, 귀족이고 인간이고 마족이고 거슬리면 모두 힘으로
모조리 무릎을 꿇렸고, 앞도적인 그 힘 앞에 마왕도 결국 소
멸하고 물러나야 했던 현중이다.

하지만 지구로 와서는 절제했다.

아니, 힘을 감추진 않았지만 굳이 나서지 않았다. 흐르면
흐르는 대로 놔두고 건드리면 건드린 만큼만 되갚아주는 것
이 전부였다.

“음……．”

하지만 지금 현중은 다시 신중하게 고민하고 있는 모습이
다.

그리고 테른은 알고 있었다. 저렇게 고민하고 있지만 현중
이 한번 움직이기 시작하면 그건 재앙이 될 수도 있고 태풍이
될 수도 있다는 것을.

“테른.”

─네, 마스터.

“대동 그룹을 가지고 싶다.”

─원하시는 것, 이루어 드리겠습니다.

드디어 현중이 결정을 내렸다.

그리고 지금 현중의 눈동자는 지구에서 보는 그런 평범한 눈동자가 아니었다.

대륙에서 만인을 호령하면서 귀족이고 뭐고 모두를 눈 아래 두고 호령했던 황제의 눈동자로 돌아와 있었다.

“테른, 잘 알고 있겠지? 적에게 자비는?”

─쓸데없는 만용입니다.

“적을 상대함에 있어서 정정당당이라는 소리는?”

─햇병아리들의 헛소리에 불과합니다.

“적은 적이다. 그 이상도 그 이하도 아니다.”

단호한 현중의 한마디에 테른도 똑똑히 대답했다.

─적은 적입니다.

탁!

현중은 소파에서 천천히 일어나더니 테른을 내려다보면서,

“대동그룹의 모든 주식을 사들여라. 그리고……”

조용히 현중이 테른을 바라보자 테른의 입가에 미소가 번

지는 것이 무슨 말을 하려는지 이미 알고 있는 눈치다.

　―알겠습니다. 철저하게 마족의 방식으로 처리하겠습니다.

　결국 최강석과 홍지연으로 시작된, 어떻게 보면 아주 작은 인연이 서로 얽히고설키면서 결국에는 현중이 움직이고 싶다는 마음을 들게 만들어 버렸다.

　그리고 그 결정적인 계기를 준 것은 웃기게도 대동그룹을 일으켜 세운 하주혁 본인이었다.

　부자들은 아무리 욕을 먹는다고 해도 그 능력과 재능만으로도 충분히 존경받을 만한 가치가 있는 사람들이다.

　어떤 식으로 돈을 벌든 그건 현중도 상관없었다.

　하지만 하주혁은 자신의 핏줄 때문에 깊은 잠을 자고 싶어 하는 드래곤을 건드린 것도 모를 것이다. 지략으로는 따를 자가 없는 테른과 대륙의 모든 존재를 무릎 꿇린 현중이 대동그룹을 향해 움직이기 시작한 것이다.

　물론 당장 무너뜨리고 먼지 하나 남기지 않고 사라지게 할 수도 있다. 하지만 그건 현중도 테른도 원하는 게 아니었다.

　그날부터 테른은 모든 자본을 동원해서 대동그룹의 주식과 지분에 관련된 모든 것을 모으기 시작했다.

　아주 천천히 조금씩, 하지만 확실하게 대동그룹을 잠식하기 시작했다.

　마족들의 방식은 상대가 절대로 눈치챌 수가 없다. 눈치를 채는 순간 오히려 졌다는 걸 인정해야 할 정도로 은밀하면서도 확실하게 처리한다.

　시작은 주식이지만 이제 곧 테른이 직접 나설 것이다. 그리고 그런 모습을 지켜보는 현중도 내심 어떤 방식으로, 사람들의 시선으로 보면 겨우 혼자인 자신과 대동그룹이라는 커다란 맘모스와의 싸움이 이루어질지 기대가 되는 것이다.

　간단하게 말하자면 테른이 지구에 얼마나 적응했는지 알 수 있는 좋은 기회였다.

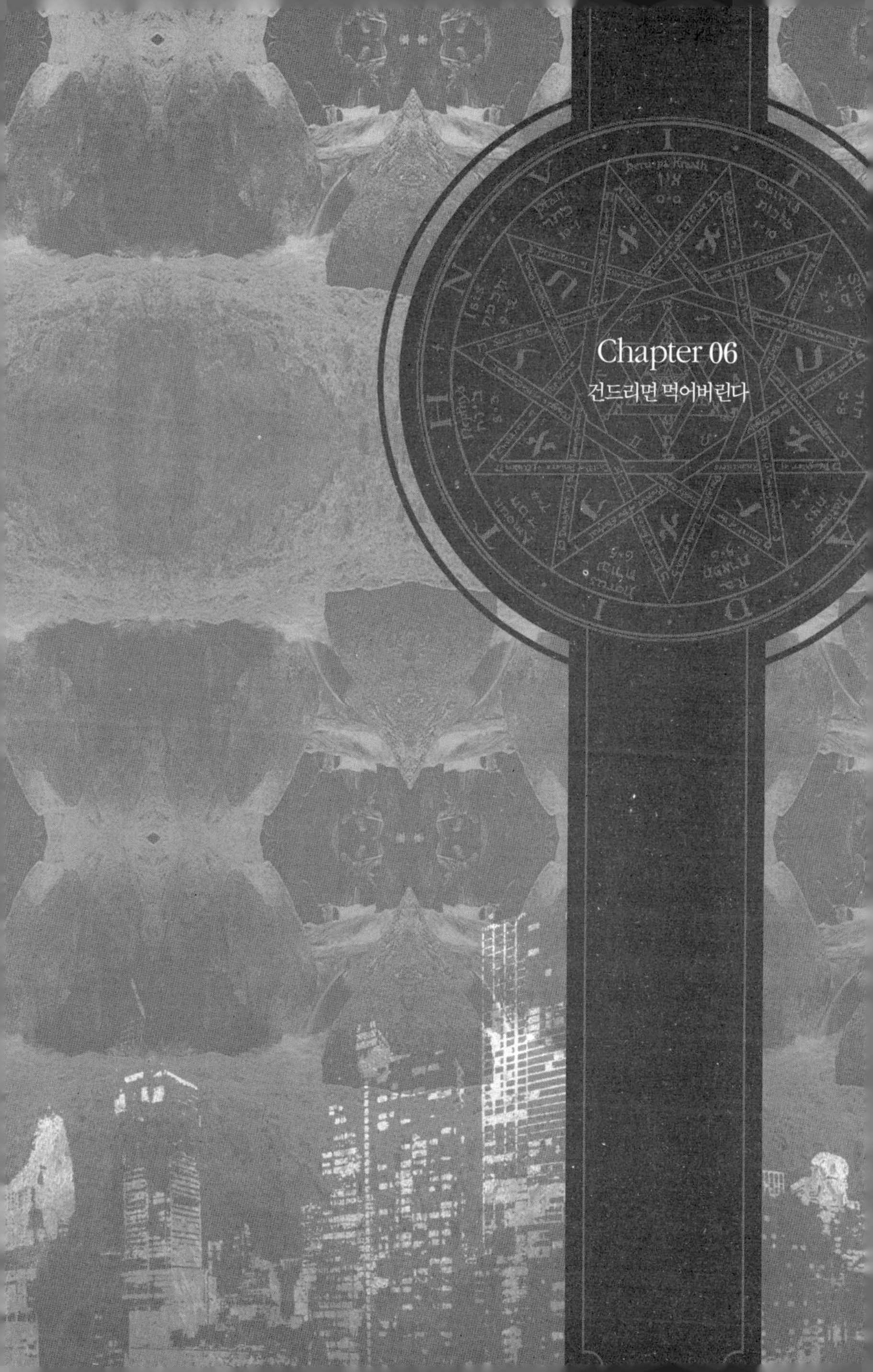
Chapter 06
건드리면 먹어버린다

　　현중은 소파에 앉아서 테른이 다시 재편곡한 팅클에게 줄
두 곡의 노래를 듣고 있었다. 요즘 컴퓨터로 못하는 게 없는
시대에 음원 하나 만드는 건 일도 아니었다.

　　"많이 단순해졌군."

　　철두철미하고 계산적인 테른이 편곡한 것치고는 너무 단
순하게 반복되는 구간도 많고 연주 레벨도 대폭 하향되었다
는 것을 현중도 느꼈다. 그래서 어째서 이렇게 편곡했냐고 물
어보자 테른은 뜻밖의 대답을 한 것이다.

　　바로 시리가 이번 편곡을 했다고 했다.

"음… 그러니까 시리가 원래 음악을 전공한 음대생이었던 말이지?"

―네. 재편곡을 하는 과정에서 알게 되었습니다.

"그럼 클래식인가?"

―원래 가수 지망생이었다고 합니다. 소속사도 있었고, 연습생 생활을 1년 정도 하다가 최강석을 만나게 되었다고 합니다. 그리고 시리의 스폰서를 해준 게 최강석입니다.

"최강석이 스폰서?"

설마 그런 성격의 녀석이 스폰서를 했다는 말에 현중이 고개를 갸웃거리자 테른은 조용히 입을 열었다.

―마스터께서 하시는 스폰서와 최강석이 하는 스폰서는 그 의미부터 다릅니다.

"다르다……. 뭐가 다르다는 거지?"

아직 연예계를 잘 모르는 현중은 스폰서는 말 그대로 기업이 아닌 사람에게 투자를 하고 그 이익률을 받아가는 형식으로 생각했다.

어떻게 보면 주식이나 도박과 같은 확률로, 실패하면 그냥 공중에 돈을 날려 버리는 것과 같은 것이다. 물론 순수하게 현중은 그런 스폰서를 생각하고 팅클과 퍼션의 스폰서를 해주겠다고 한 것이다. 어차피 돈이야 남아도는데 잃어도 별 상관 없었기에 부담없이 기분 내키는 대로 했다.

그런데 테른은 정색을 하면서 최강석의 스폰서를 현중 자신이 하는 스폰서와 비교한다는 것에 기분이 나쁜 듯했다.

─최강석은 돈을 대주는 것은 같지만, 이익률과 스폰을 해주는 여자의 인생 자체를 손에 쥐고 움직입니다. 그래서 최강석이 스폰을 했던 배우와 가수들은 모두 알려지지 않은 연습생으로 여자만 있었습니다.

"시리 외에 또 있었다는 말이군."

─네, 세 명이 더 있었습니다. 하지만 이미 시리를 제외한 세 명은 최박식이라는 녀석이 뒤처리를 한 상태라서 중국으로 팔렸다는 흔적만 남아 있을 뿐 자세한 것은 찾을 수가 없습니다. 그리고 시리도 마스터를 만나지 않았다면 일본으로 팔려갈 예정이었습니다.

"훗, 반신불수는 좀 약했나?"

현중은 순간 아예 정신은 말짱한데 온몸을 움직일 수 없는 상태로 만들까 하는 생각을 잠깐 했다. 하지만 곧 그냥 넘겨버렸다

그보다 테른이 자신이 만든 것에 다른 존재가 간섭하는 것을 극히 싫어하는 성격임을 잘 알고 있기에 시리가 재편곡을 했다는 말에 살짝 흥미가 생겼다.

"시리."

─네, 주인님.

현중이 시리를 나직이 부르자 테른의 그림자에서 시리가 나와 무릎을 꿇었다. 깔끔한 올림머리의 그녀의 색기는 전보다 더욱 진해져 있었다. 요염한 몸매가 훤히 드러나는 검은색 타이즈의 가슴 부분이 깊게 파여 있어 더욱 그러했다.

고개를 숙이자 가슴 계곡이 선명하게 드러나 보였지만 시리는 전혀 개의치 않았고, 현중도 별 반응이 없었다.

"가수 지망생이었다고?"

―네, 주인님.

"소속사는 어디였지?"

―스타엔터테인먼트였습니다.

세희와의 인연을 이어준 스타엔터테인먼트. 그 기획사의 이름이 다시 나타나자 현중은 참 질기다는 생각이 들었다.

대동그룹도 결국 현중이 잡아먹기로 마음먹도록 자극하더니 이제는 스타엔터테인먼트까지 현중의 시야에 들어오려고 한다.

"난 연예계는 잘 모른다. 하지만 그곳이 국내 제일이라는 것은 잘 알고 있는데 최강석의 스폰을 받아야 할 만큼 돈이 필요했나?"

가수나 배우들이 스폰을 받는 궁극적인 이유는 오로지 돈 때문이다.

당연히 현중은 시리도 돈이 필요해서 최강석의 스폰을 받았다고 생각했다.

─그건 아닙니다.

"아니다?"

뜻밖의 말에 현중이 고개를 갸웃거리자 그때부터 시리의 과거부터 최근 테른에게 넘겨지기 전까지 사정에 대한 이야기가 시작되었고, 그걸 가만히 듣고 있던 현중은 조용히 시리를 바라보면서,

"그래서 테른이 널 보고 한이 깊은 영혼이라고 했군."

─네, 주인님.

시리의 이야기는 장장 20분 정도였다.

간단하게 줄이면, 원래 시리는 시은이라는 이름으로 평범하게 살던 소녀였다. 학교에서도 제법 예쁘다고 소문이 난 상태에 사귀던 남자도 있었다고 한다.

고아였던 시리를 입양한 부모님도 제법 유명한 식당을 해서 돈이 부족한 집안은 아니었다. 연간 1억의 매출을 올리는 식당이 돈이 부족할 리가 없기 때문이다.

하지만 운명의 장난인지 우연히 사귀던 남자와 놀이공원에 놀러갔다가 노래 자랑 이벤트를 발견했고, 기념 목걸이를 준다는 말에 시리는 출전했다. 그녀는 처음 사람들 앞에서 부른 노래로 당당히 대상을 탄 것이다.

때마침 그 자리에 있던 스타엔터테인먼트 스카우터 매니

저였던 조선민을 만났다고 한다. 그리고 조선민과 함께 있던 최강석을 그때 처음 만났고, 그게 시리에게는 비극의 시작이었다.

애초에 시리를 찍은 사람은 스타엔터테인먼트의 스카우터인 조선민이 아니라 최강석이었다. 첫눈에 시리가 마음에 든 최강석은 이벤트 자체도 스타엔터테인먼트에서 주최한 것이라 손쉽게 시리를 그날 노래자랑 이벤트 대상으로 만들었다. 그 후 연예인이 되어보지 않겠냐고 바람을 넣은 것이다.

물론 멋모르던 시리는 그 말에 넘어가서 연예인이 되겠다고 했고, 곧바로 계약을 했다. 하지만 조선민과 계약한 게 아니라 최강석과 계약을 했다.

그리고 최강석은 자신의 심복인 최 부장을 시켜서 식당 영업을 방해하고 돈에 쪼들리게 만들었고, 시리의 집안은 급격히 기울기 시작했다.

그리고 그때 최강석이 검은 손을 뻗은 것이다.

스폰서라는 이름을 빌린 인생을 빼앗기 위한 손을 말이다.

"넌 그 사실을 언제 알았지?"

—마약에 중독되어서 최강석의 손아귀에서 벗어날 수 없을 때 직접 그의 입을 통해 들었습니다.

눈동자가 잠시 핏빛으로 물들었다가 다시 평소로 돌아오는 시리의 모습을 보니 사무친 원한이 결코 적지 않았다.

결과적으로 최강석은 시리의 모든 것을 부숴 버린 것이나 마찬가지였다.

거기다 양부모는 교통사고로 죽어버렸다. 그런데 그 교통사고조차 최강석이 최 부장을 시켜서 만들어냈다.

이 모든 사실을 알고 있었지만 시리는 결코 최강석의 손아귀에서 벗어날 수가 없었다. 철천지원수지만 마약에 이미 온몸이 물들어 버린 상황이라 약 때문에 어쩔 수 없이 자신의 몸을 최강석에게 안길 수밖에 없는 시리의 운명도 참 기구했다.

"내가 최강석에게 어떤 처벌을 했는지 들었겠지?"

―네, 주인님. 테른 마스터로부터 들었습니다.

"넌 만족하느냐?"

현중의 질문에 시리는 조용히 입을 다물고 있을 뿐 대답을 하지 못했다. 본래 수하는 어떠한 경우에라도 대답을 하지 않는 경우가 있어서는 안 된다. 특히 테른과 현중의 관계를 보면 더더욱 그랬다. 그런데 테른의 부하인 시리가 현중의 질문에 침묵한다는 건 테른을 자극할 수도 있었다.

―시리, 마스터의 질문에 대답해라.

웬만해서는 현중이 뭘 할 때 끼어드는 법이 없는 테른이 끼어든 것을 보니 기분이 제법 상해 있는 것이 확실했다. 하지만 현중이 손을 들어 올려 테른을 막아서면서,

"지금 너의 순수한 감정을 말해봐라."

이제 시리도 현중에게는 가족이라고 부를 수 있는 존재다.

타인에게는 한없이 냉정한 현중이지만 일단 자신의 사람으로 받아들이면 무뚝뚝하지만 따뜻한 성격이기에 순수하게 시리의 생각을 알고 싶어서 물어본 것이다.

—쉽게 죽어서는 안 됩니다. 아니, 쉽게 죽지 못하게 하고 싶습니다.

눈동자가 어느새 핏빛으로 물들어 있는 시리의 모습을 본 현중은 씨익 웃으면서,

"내 사람이 원한다면 들어줘야겠지. 그리고 너의 그 원한, 잊지 마라. 그를 너에게 넘겨줄 날이 있을 테니까 말이다."

너그러운 듯 부드럽게 말하는 현중의 모습에 시리는 곧장 고개를 숙였다.

—절대로 잊지 않겠습니다, 주인님.

"후후훗, 그보다 이 곡, 네가 편곡했다고 들었다."

—네, 주인님.

"테른은 어떨지 모르지만 난 괜찮은 것 같다. 쉽고 따라 부르기 편하고 반복되는 구간이 묘하게 흥얼거리게 되더군."

—감사합니다, 주인님.

현중이 시리의 편곡이 마음에 든다고 하자 테른도 싫진 않은지 희미하게 미소가 번졌다가 사라졌다.

"가사도 써보겠나?"

현중이 나직이 시리를 향해 물어보자 시리는 오히려 기다렸다는 듯,

―쓰고 싶습니다.

"그럼 써봐. 이왕이면 가이드송도 불러."

이 말을 끝으로 그 두 곡은 테른의 손을 벗어나서 시리에게 넘어갔다.

아직까진 현중도, 테른도, 시리도 몰랐다. 그냥 아무 생각 없이 만든 이 두 곡의 노래로 인해 대한민국이 들썩이게 될 줄은 말이다.

시리는 뭐가 그리 좋은지 테른에게 넘겨받은 악보를 들고 콧노래를 흥얼거리면서 구석의 가장 작은 방으로 들어가 버렸다.

"음악을 좋아하는군."

―인간일 때부터 노래를 좋아했습니다. 재능도 있는 편입니다.

테른이 보기에는 자신의 노래를 연주하지 못하는 이곳 지구의 인간들을 탓할 뿐이다.

인간의 범주를 벗어난 테른이 만든 노래이니 당연한 이야기였지만 시리는 인간에서 혈족으로 변한 것이라 오히려 팅클의 노래는 시리가 더 적임자일지도 몰랐다.

우연이지만 현중에게는 이상하게 필요한 사람들이 필요할 때 나타났다. 대륙에 있을 때도 테른이라는 정말 걸출하면서도 평생을 함께할 녀석을 만났는데, 지구에서도 음대생으로 자작곡도 만들 정도의 실력을 지니고 있는 시리를 만나게 된 것이다.

우선 편곡은 끝난 상태였기에, 현중은 가사가 나오길 기다렸다 기획사로 찾아가기로 하고 신경을 꺼버렸다.

하지만 테른은 이제부터 시작이었다.

─어디 보자. 대동그룹이라… 대동 그룹…….

테른은 바로 컴퓨터를 부팅시키고 모든 정보를 수집하기 시작했다.

현재 테른의 컴퓨터 실력은 타의 추종을 불허하는 수준으로 이미 해킹은 컴퓨터를 산 지 5일 만에 모두 익혀 스스로 해킹 침투용 프로그램을 짜서 사방에 퍼뜨려 놓은 상태였다. 그리고 당연히 대동그룹의 모든 컴퓨터에도 그 해킹 프로그램이 상주한 채 신호만 기다리고 있는 중이었다.

탁!

테른이 키보드 엔터를 누르자 대동그룹의 최태식 이사의 방에 있던 노트북이 자동으로 켜지면서 아무도 없는 사무실을 환하게 밝혔다가 곧 화면이 꺼졌다.

하지만 액정만 꺼졌을 뿐 완벽하게 부팅이 된 상태였다. 테른이 최태식의 노트북을 완전히 점령한 상황이라 테른의 모니터에는 최태식의 노트북 화면이 그대로 보이고 있는 중이었다.

─하나씩 뒤져보면 나오겠지. 뭐든지.

철저하게 모든 정보를 모으고 나서 움직이는 테른이기에 그날을 시작으로 대동그룹의 말단 사원이 가지고 있는 노트북까지 모조리 해킹해서 필요한 정보를 긁어모으기 시작했다.

미리 예측한 것처럼 테른이 대동그룹에까지 해킹 프로그램을 침투시켜 놓은 것을 보면 천천히, 하지만 확실하게 대동그룹을 통째로 먹어버릴 계획은 이미 현중의 허락만 기다리고 있었다.

─대동그룹이 시작이려나, 아니면 끝이려나. 그건 마스터의 마음이겠지만 말야.

＊　　　＊　　　＊

한편 테른이 이렇게 정보를 모으고 있는 상황에서 하주혁이 가만히 있을 리가 없다.

그런 일을 당하고 처음에는 혼이 빠져나가는 듯한 충격을 받았지만 그가 누구인가? 대동그룹을 일궈낸 사람이다.

즉각 현중에 대한 모든 정보를 알아보기 시작했는데, 시작한 지 한 시간도 되지 않아서 커다란 벽에 부딪쳐 버렸다.

"그러니까… 템플재단에서 김현중에 대한 정보를 막고 있다는 말이지?"

보고를 받던 하주혁은 주름진 이마를 더욱 찡그렸다.

"템플재단이라면… 영국 왕실 직속일 텐데……."

하주혁도 템플재단을 알고 있었다.

이름이야 그냥 재단이라고 쓰고 있지만 실제로는 그 역사가 500년이 넘을 만큼 오래되었고, 영국 왕실 직속 이사장으로 있는 마리아 스핀 바로슈 백작은 영국 여왕 이외는 그 누구의 명령도 듣지 않는다고 알고 있다.

물론 하주혁이 템플재단에 대해 아는 정보는 그게 전부였다.

몇 가지 소문은 들은 게 있었다. 영국 비밀 정보국이자 유명한 007 영화 주인공 제임스 본드의 소속인 MI—6도 템플재단에서 움직이는 하부 조직이라는 소문이 있었다.

한마디로 템플재단은 겉으로 보이는 모습과 안의 모습이 완전 다른 조직이었다.

영국 왕실이 아직까지 유지되는 이유도 모두 템플재단이 뒤에서 든든하게 받쳐주기 때문이라고 할 수 있을 정도였다.

그런데 그런 템플재단에서 김현중의 정보를 차단한다면

분명히 뭔가 이유가 있을 것이라고 판단했다.

"뭘까? 설마… 그 인간 같지 않은 능력 때문인가?"

하주혁은 지금도 눈만 감으면 자신을 내려다보던 현중의 눈동자가 뇌리에서 잊히지 않고 있었다. 그리고 그 눈동자 때문에 자다가 깬 적이 한두 번이 아닐 정도로 지금도 시달리고 있는 중인데 이번에는 탬플재단이라는 거대한 조직까지 나타난 것이다.

"서 부장."

"네, 회장님."

"탬플재단과 자리 좀 마련해 봐."

하주혁은 탬플재단이 마음먹고 정보를 차단하면 결코 쉽게 얻지 못한다는 것을 누구보다 잘 알고 있었다. 그렇다면 차라리 직접 만나서 단판을 짓는 게 유리하고 확실하다고 판단했다.

이처럼 하주혁은 뭔가 고민이 있을 때 최대한 빠르게, 그리고 단순하지만 확실하게 확률이 높은 쪽으로 결정을 내리고 추진하는 힘이 강했다.

물론 그런 추진력 때문에 지금의 대동그룹이 만들어졌지만 그건 보통 인간들을 상대로 할 때나 통했는데 과연 이번에도 통할지는 알 수가 없었다.

"회장님, 마침 작년부터 국내 N대학과 탬플재단에서 후원하고 있는 대학교와의 교류 때문에 바로슈 백작이 직접 머물고 있습니다."

"그래?"

가능하면 높은 사람을 만나야 일이 쉬워진다고 생각 중인 하주혁은 바로슈 백작이 한국에 있다면 오히려 직접 만날 수 있는 절호의 기회라고 생각했다.

우선 만나야 했다. 현중을 직접 겪어본 결과 힘으로 어떻게 할 수 있는 상대가 아니라는 판단을 내린 하주혁은 김현중의 주변을 찾아서라도 어떻게든지 상대를 알고 싶었다.

"그럼 우선 내가 만나잔다고 연락해 봐."

"네, 회장님."

서 부장이 그렇게 밖으로 나가자 하주혁은 현중과 탬플재단의 연결점을 생각해 봤지만 도무지 찾을 수 없었다.

하주혁과 탬플재단의 이사장인 마리아와의 만남은 의외로 쉽고 빠르게 이루어졌다.

"하주혁입니다."

하주혁은 대동그룹이 운영하는 대동호텔 가장 높은 층이자 하주혁 자신이 가끔 차를 마시러 오는 카페에서 마리아와 만났다.

"마리아 스핀 바로슈 백작입니다."

대외적으로 사람을 만날 때에는 마리아는 자신의 풀네임

을 모두 말하면서 자신의 작위까지 붙였다. 엄연히 공적인 일이기에 필수였다.

"우선 앉으시죠."

"네."

하주혁은 처음 마리아를 보고 설마 이 정도로 젊을 줄은 모른듯 속으로 놀랐다. 겉으로는 절대 드러내지 않았다. 원래 사업가라는 게 자신의 모든 생각을 겉으로 드러내는 순간 망하는 법이다.

"이 정도로 미인이실 줄은 몰랐습니다."

"별말씀을. 그보다 저를 보자고 한 이유가 궁금하군요."

인사치레 같은 말을 단번에 잘라 버리고 본론을 어서 말하라는 마리아의 말투에서 하주혁은 순간적으로 그녀의 성격을 파악해 냈다. 이런 직선적인 성격을 가진 사람에게 빙빙 말을 돌리거나 좋은 말로 치장하는 것은 오히려 간사한 사람이라는 인상을 줄 수 있다는 생각에 곧바로 표정을 굳히고는,

"성격이 급하시군요."

"원래 그렇게 급하진 않지만 최근 일이 좀 많아져서요."

심드렁한 표정부터 확실히 자신에게 좋은 감정은 없다고 판단한 하주혁은 최대한 얻을 것만 얻고 헤어지기로 마음먹었다.

"그럼 간단하게 말하겠습니다. N대학교 일문과 4학년에

재학 중인 김현중이라는 청년에 대해서 궁금해서 이렇게 자리를 마련했습니다."

말을 하면서도 하주혁은 마리아의 눈빛과 표정, 하다못해 손짓 하나까지도 집중했다.

본래 비즈니스는 총칼이 없는 전쟁이다.

특히나 지금처럼 대동그룹의 회장인 자신과 템플재단의 이사장인 마리아의 단독 만남은 전쟁으로 치면 우두머리와 우두머리가 서로 만나는 것과 같다. 말 한마디도 서로의 전략을 살피는 것이나 다름없었다.

하지만 마리아 또한 어릴 때부터 귀족으로 태어나 귀족으로 자라온 사람이다.

타고난 재능과 귀족으로서의 소양으로 정치와 사람을 상대하는 것에는 이미 하주혁보다 레벨이 높으면 높았지 결코 낮지 않았다.

당연히 하주혁의 눈빛을 마리아도 모를 리가 없다.

이미 대동그룹과 현중과의 사이에 대해 대충 파악하고 있는 마리아는 최강석을 그렇게 만든 사람이 현중이라고 짐작하고 있었다.

객관적으로 누가 봐도 현중이 가장 의심스러울 수밖에 없는데, 마리아는 현중의 능력을 알고 있으니 더욱 짐작이 가능했다. 하지만 하주혁은 현중의 능력을 모를 텐데 그의 입에서 현중의 이름이 나오자 오히려 재미있게 일이 되어가고 있는 느낌을 받았다.

"처음 듣는 이름이네요."

마리아가 슬쩍 발뺌을 하자 하주혁은 그럴 줄 알았다는 듯 웃으면서,

"이미 알아봤습니다. 템플재단에서 김현중의 자료를 가지고 있다고 들었습니다."

"이런, 처음 듣는 말이군요. 하지만 N대학교라고 말씀하셨으니 아마 자료가 있긴 할 겁니다. N대와 저희가 후원하는 UCL대학과 교류를 하고 있으니까요 찾아보면 있겠죠."

"그런가요?"

"네. 원한다면 N대학에 미리 말을 해드릴 수는 있습니다만."

"아닙니다. 이런, 아무것도 아닌 걸로 공연히 어려운 발걸음을 하게 했군요."

모든 정보를 캐낼 순 없었지만 그녀에게서 현중에 대한 것은 더 이상 듣기 힘들 것이라 판단하고 하주혁은 그대로 헤어졌다.

하지만 그렇게 마리아가 떠나간 뒤에 하주혁은 이마에 천(川) 자 주름을 만들더니 서 부장을 불렀다.

"N대학 이사장에게 만나자고 연락 넣어."

“네, 회장님.”

하주혁은 마리아의 반응에 현중이 생각보다 탬플재단과 인연이 깊다고 판단했다. 그리고 이미 탬플재단에서 어느 정도 현중과 대동그룹 간의 사이도 알고 있다고 생각한 것이다.

하지만 하주혁을 정말 힘들게 하는 건 김현중 그 자체였다.

핏줄이라고는 한 명도 없는 고아에다 그 능력은 도저히 짐작조차 할 수 없다.

현중의 말을 듣고 하주혁은 최강석의 지난 행적을 먼지 하나까지 알아보았다. 그 결과 이건 자신이 생각했던 것 이상이었다.

여자를 갈아치우는 건 오히려 애교였고, 자신이 마음에 든 여자는 어떻게 해서든지 손에 넣고 나서 지겨울 때까지 가지고 놀다가 마약에 중독시켜 외국에 팔아버린 게 사실이었던 것이다.

그리고 소리 소문 없이 사라진 최박식이라는 녀석이 최강석 곁에서 모든 일을 처리했다는 것도 알게 되자 한숨만 나왔다.

“내가 헛살았던 것인가.”

누구보다 믿고 최강석을 믿었다. 자신을 넘어서 천산그룹과 어깨를 나란히 할 수 있을 만큼 대동그룹을 크게 키울 수 있는 인재로 생각했다. 그래서 너무 사랑만 쏟아 부은 것이 오히려 이런 최악의 적을 만들게 된 결과를 낳았다.

하지만 이대로 그냥 두고 볼 수만도 없었다.

어떻게든지 해결을 해야 했다. 상대가 초인이라면 뭔가 방법을 찾아야 하는 것이다.

이렇게 하주혁은 현중을 상대할 방법을 찾기 위해 머리를 싸매고 고민했다.

*　　　*　　　*

"그러니까 이게 다마스쿠스의 검이라 이거지?"

—네, 마스터.

"처음 듣는군."

현중은 테른이 탁자에 시미터를 닮은 도(刀)를 꺼내 놓자 단번에 무슨 도인지 알아봤다.

감옥에서 테른을 꼼짝 못하게 만들었던 바로 그 도다.

—원래 다마스쿠스의 검은 통칭입니다. 지구 역사에서 십자군전쟁을 마스터도 아실 것입니다. 그때 십자군 원정으로 온 유럽의 기사들을 상대로 이슬람군이 사용했던 검입니다.

"음, 이게 그거란 말이지?"

현중은 덥석 다마스쿠스의 검을 집어 들었다.

하지만 테른의 어깨에서 뽑을 때 그 미지의 힘을 소멸시켜 버려서 그런지 아무런 반응은 없었다.

자세히 보니 다마스쿠스의 검 전체에 물결무늬가 뒤덮고 있는 것이 오히려 신비롭기까지 했다.

테른이 현중이 다마스쿠스의 검을 집어 들자 자신의 아공간에서 롱소드 네 자루를 꺼냈다.

"……?"

그중 두 개는 자신도 잘 아는 롱소드였다.

"오랜만에 보는군. 파멸(破滅)과 파쇄(破碎)를."

오피스텔의 형광 불빛을 따라 흐르듯 스치는데 은빛의 광택이 현중의 시야를 살짝 가릴 정도로 눈부신 파멸. 모양은 파멸과 같은 모양이지만 순백색의 파멸과 달리 파쇄는 검의 손잡이까지 진한 붉은 색을 띤 것이 특징이었다.

파멸은 영혼을 부숴 버리기 위해 만들어진 검이고 파쇄는 육체를 부숴 버리기 위해 만들어진 검으로 모두 마족을 상대할 때 유용한 아티팩트였다.

물론 신검 카일라제를 얻기 전까지 사용하던 검으로 신검 카일라제를 얻은 뒤로는 테른의 아공간에서 지금까지 계속 잠들어 있었다.

"이걸 왜 꺼낸 거지?"

갑자기 파멸과 파쇄를 꺼낸 테른의 모습에 현중이 물어보자,

　─다마스쿠스의 검이 과연 어떤 것인지 마스터께서 직접 확인하셔야 할 것이 있습니다. 우선 이건 일반 인간이 제련한 롱소드입니다. 제국의 기사들이 지급받는 롱소드입니다.

　현중도 잘 알고 있었다. 왜냐하면 대륙의 황제로 있을 때 자신이 저 롱소드가 마음에 들어 기사들의 연습용으로 지급하라고 명령했기 때문이다.

　드워프를 제외하고 가장 잘 만들어진 롱소드였다.

　그런데 테른은 현중에게서 다마스쿠스의 검을 넘겨받더니, 롱소드를 다마스쿠스의 검에 내려쳤다.

　서걱.

　"응?"

　순간 현중은 자신이 잘못 들었나 싶었다.

　다마스쿠스의 검과 롱소드가 부딪쳤는데 당연히 들려야 할 금속의 쇳소리가 아니라 마치 두부가 잘리는 듯 부드럽게 베어지는 소리가 들린 것이다.

　땡강.

　그리고 오히려 내려친 롱소드의 검신이 반 토막이 났고, 다마스쿠스의 검은 칼날 하나 상하지 않은 그대로였다.

　"아티펙트인가?"

　현중은 순간 다마스쿠스의 검이 아티펙트라고 생각했지만 테른은 고개를 저으면서,

─마스터, 이 검에 깃들어 있던 마력은 이미 마스터께서 힘을 상쇄시켜 버려 그냥 평범한 검으로 돌아왔습니다.

"그럼 다마스쿠스의 검의 강도와 예리함이 대륙의 장인이 만든 롱소드를 넘어섰다는 말이군."

흥미로웠다.

십자군전쟁이면 11세기 말에 시작해 13세기 말에 결국 실패로 끝난, 역사 이래 가장 길고도 치열했으며 끈질긴 전쟁이었다.

종교로 인한 전쟁이 얼마나 참혹하고 잔인할 수 있는지 보여주는 증거이자 역사였기에 웬만한 사람은 다 알고 있는 전쟁이다.

그런데 그 시절이 문제였다. 지금 20세기에서 21세기로 넘어간 시점인데 무려 최소 700~900년 전에 만들어진 다마스쿠스의 검은 지금 현재의 기술로도 복원이 불가능한 불가사의한 검으로 남겨져 있는 것이다.

거기다 대륙은 무려 일만 년이 넘게 검과 마법으로 살아온 곳이다.

검에 관해서는 장비는 낙후되었을지 몰라도 기술만큼은 지구보다 몇 배나 앞서 있다는 것을 현중은 너무나 잘 알고 있었다. 그렇기에 대륙의 장인이 만든 롱소드가 힘없이 잘렸다는 것에 놀라는 것이다.

하지만 이건 시작이었다.

―마스터, 아직 한 가지 더 있습니다. 이건 미스릴을 50% 섞어서 드워프 장인이 만든 롱소드입니다.

"드워프 장인?"

현중은 테른이 다시 집어 든 롱소드가 왠지 낯익어서 자세히 보니 대륙에서 버틀러가 쓰던 검이다.

"버틀러 녀석이 용케도 그 검을 내놓았군."

집안에서 내려오는 가보라고 하면서 현중에게 자랑도 했고, 실제로 그 검을 사용해서 마족과의 전쟁을 수차례 했지만 지금까지 검날이 단 한 번도 상한 적이 없기에 현중에게는 너무나 익숙했다.

―그런데 이걸 보십시오.

다시 다마스쿠스의 검을 아래쪽에 놓고 역시나 미스릴 롱소드를 힘껏 들어 내려쳤다.

챙강!

이번에는 검과 검이 부딪치는 소리가 선명하게 들렸다. 그 결과는 놀랍게도 미스릴을 섞어 만든 롱소드의 검에 다마스쿠스의 검이 박혀 있었다.

끼익!

거친 쇳소리와 함께 맞물려 있는 두 검을 분리해 보니 다마스쿠스의 검은 검날 하나 상하지 않은 채 신비한 물결무늬를

드러내고 있었다. 드워프 장인이 만든 미스릴 롱소드는 마치 커다란 도끼에 검이 찍힌 듯 선명하게 자국이 남아서 롱소드로서의 생명이 끝난 상태였다.

지구에서 미스릴을 구할 수 있다면 몰라도 미스릴이 없다면 복구가 불가능하기 때문이다.

"놀랍군."

―그렇습니다. 다마스쿠스의 검이라는 것이 왜 지구의 인간들이 그렇게 복원하려고 노력하는지 이해가 갑니다. 이 정도 강도를 지닌 검은 대륙에서도 오리하르콘, 아니면 아만티움 정도입니다.

"흠……."

현중은 다마스쿠스를 다시 테른에게 넘겨받아 살펴보았다. 모양은 시미터를 닮았지만 검날이 얇고 탄성이 강했다. 손가락에 오러를 일으켜 검날을 튕기니 놀랍게도 마나를 받아들여 검 전체로 퍼뜨려서 충격과 오러를 상쇄시켜 버렸다.

지금까지 신의 금속이라는 오리하르콘과 아만티움을 제외하고는 미스릴이 그나마 가장 마나를 잘 받아들이는 금속으로 알고 있었는데 그 공식이 깨져 버렸다.

미스릴보다 적게는 네 배 정도 마나를 받아들이는 속도와 공명이 빨랐던 것이다.

―연대 조사를 해보니 서기 1000년쯤 만들어진 검입니다.

1750년쯤 다마스쿠스의 검을 만들던 철광석이 완전히 사라
져서 생산이 되지 않았으니, 초기에 만들어진 것으로 생각됩
니다.

"훗, 웃기는군. 1000년 전에 만들어진 강철검에 미스릴 소
드가 완전히 못 쓰게 되다니 세상 참 요지경이야. 그렇게 생
각 안 해?"

현중이 다마스쿠스의 검이 매우 맘에 든다는 눈빛을 해 보
였다. 테른도 그럴 줄 알았다는 듯 웃으면서,

ㅡ마스터, 하지만 이걸 보셔야 합니다.

테른은 아공간에서 지금 현중이 손에 들고 있는 다마스쿠
스의 검과 거의 똑같은 검을 네 개나 더 꺼내놓았다.

본래 검을 사용했던 현중에게 이 정도 명검은 당연히 욕심
이 날 수밖에 없다. 그것도 대륙의 명검이라는 것도 울고 갈
정도로 대단한 검이었으니 당연했다.

테른은 현중이 들고 있던 다마스쿠스의 검을 잠시 가져가
더니 뒤에 꺼낸 네 자루의 다마스쿠스 검에 조금 전처럼 똑같
이 내려쳤다.

그 결과, 뒤에 꺼낸 다마스쿠스의 검이 두부가 썰리듯 조용
히 잘리면서 반 토막이 나버렸다.

"어떻게 된 거지?"

현중이 자세히 살펴보니 지금 멀쩡하게 있는 것과 반 토막

으로 잘린 네 자루 모두 같은 다마스쿠스의 검이 확실했다. 검면을 튕겨봐도 탄성도 거의 비슷한 것이 흉내 낸 짝퉁은 아니었기에 이런 상황이 벌어진 게 더욱 의문이 생겼다.

　—마스터, 지금 마스터께서 가지고 계신 다마스쿠스의 검이 원형 검입니다.

　"원형?"

　—지금 바닥에 뒹굴고 있는 저것들은 모두 저 검을 따라 만든 것입니다. 강철이란 것이 제련 방법과 어떻게 재료를 섞느냐에 따라서 강도가 열 배에서 최고 천 배까지 달라집니다.

　"음."

　현중도 대학생이다. 어느 정도 화학적 지식을 가지고 있기에 강철검을 만들 때 섞는 재료에 따라 강도가 달라지는 것은 대충 알고 있었다. 옛날 고구려를 세웠던 주몽이 중국의 강철검 제조 비법을 알기 위해서 얼마나 노력했던가. 같은 강철로 만든 검이지만 제조 방법에 따라 그 강도는 하늘과 땅 차이였다.

　—이것이 최고의 진본 다마스쿠스의 검입니다. 이 한 자루가 모든 다마스쿠스의 검의 아버지가 되는 셈입니다.

　"그래. 그런데 이걸 왜 나에게 보여주는 거지?"

　물론 명검이고 좋은 검이다.

　그리고 신비의 검이라고 불리는 다마스쿠스의 검의 시작

이라고 할 수 있는 진본이라면 그 값어치는 상상을 초월할 텐데, 오랜 세월이 지난 지금도 녹슬지 않고 처음 만들어진 상태 그대로 유지되는 것이 대단할 뿐이었다.

―마스터, 전에 제이슨이라는 녀석의 단전에서 나온 마나석을 기억하십니까?

현중은 테른을 말을 듣자 무심결에 잊고 있던 것이 다시금 생각났다.

현중이 제이슨의 단전을 파괴하면서 평범한 돌로 돌아온 그 마나석 이야기였다. 그런데 갑자기 그 이야기를 왜 꺼내는 것인가?

"연관이 있다는 말이군."

이미 테른과 지낸 것이 수십 년이다.

눈치만 보면 대충 서로 알 수 있는 사이다.

―아무래도 마나석과 진본 다마스쿠스의 검, 모두 연관이 있습니다. 그리고 조사하던 중에 이상하게 한 단체가 모두 연관되어 있는 것을 알아냈습니다.

"단체?"

―주술을 썼던 마흐랑드와 함께 다마스쿠스의 검, 그리고 제이슨의 단전에 있던 마나석 모두 출처가 사이언톨로지(Scientology)라는 종교 단체였습니다.

"사이언톨로지? 그건 또 뭐야?"

지구에는 종교라는 것이 참 많다고는 알고 있었다. 직접 신이 개입하는 대륙에서 살다온 현중이 보기에는 지구의 대다수 종교의 논리가 너무 허무맹랑하고 엉망이었다. 물론 대륙의 주신 카일라제에게 안 좋은 감정이 있는 것도 어느 정도 한몫했다.

—사이언톨로지는 라틴어 스키오(Scio)와 그리스어 로고스(Logos)의 합성어로, 진리 탐구라는 뜻을 가지고 있습니다. 과학적이고 심령학적인 8단계 과정을 거치면 우주 속, 그러니까 그리스어로 테탄(Thetan)이라는 단계에 이르러 죽음으로부터 자유로워진다고 합니다.

"크크큭."

현중은 그저 웃었다.

현재 현중이 세 번의 환골탈태와 마왕조차 어찌하지 못하는 능력을 가지고 있지만 단 하나, 언젠가는 현중도 죽을 것이다. 그건 깨달음의 벽을 넘으면서 자연스럽게 알게 된 사실이다. 언젠가는 죽는다. 그것을 깨닫는 데 무려 80년의 세월과 세 번의 환골탈태가 필요했다.

인간은 보통 죽는다는 것을 알고 있다. 하지만 그걸 받아들이려 하지 않는다.

왜냐? 당연히 살아 있는 게 좋기 때문이다. 죽으면 그건 끝이다. 고깃덩어리에 지나지 않는다.

대륙에서 삶과 죽음을 바로 곁에서 지켜봤던 현중은 이미 죽음이라는 것을 받아들인 상태였다. 현중도 자신이 언제 죽을지는 모른다는 사실을 알고 있다.

그런데 사이언토롤지는 죽음의 단계에서 자유로워진다고 말하고 있는 것이다.

현중에게는 웃기는 논리일 수밖에 없었다.

—그들이 말하는 사상은 얼핏 들으면 참 심오합니다. 우주는 모두 메스트(Mest)라는 것으로 구성되어 있고 영혼의 마지막 단계인 테탄에 이르면 시간과 공간, 그리고 에너지까지 모든 것을 좌우할 수 있는 존재가 된다고 하면서 사람을 끌어모은다고 합니다. 사이언톨로지의 목표는 전 세계 사람들을 청명한 상태로 만들어 전쟁, 마약, 범죄가 없어지게 하는 것이고, 실제로 여러 가지 평화 시위를 비롯해 마약 금지 시위 등을 하면서 미국에서는 정식 종교 단체로 인정받은 상태입니다.

"기껏해야 종교 단체다. 하지만……."

현중은 테른에게서 이야기를 들으면서 마나석부터 하나씩 연결해 보니 일반 평범한 종교 단체는 아닌 게 확실했다.

—물론 표면적으로는 그렇습니다. 그리고 사이언톨로지교에는 특이한 것이 하나 있습니다. 본래 사이언톨로지라는 사상을 만든 론 허버드는 SF소설가였습니다. 그리고 그는 E—

미터라는 이름을 가진 기계 장치를 발명했습니다.

"E—미터?"

—네. 인간의 오라를 측정할 수 있는 장치라고 생각하면 이해가 빠를 것이라 생각됩니다. 그런데 그 기계 장치를 한 대당 4천만 원에서 1억까지로 신도들에게 팔고 있으며, E—미터로 측정과 치료를 정기적으로 받으면 예지력, 염동력, 투시력 등 초능력을 가질 수 있다고 대놓고 말하고 있습니다.

"푸하하하하하핫!!"

정말 오랜만에 현중이 테른의 말을 들으면서 박장대소를 터뜨렸다.

그리고 테른의 말을 듣던 현중은 묘하게 사이언톨로지의 사상이 대륙의 마법 기본 이론에서 본 것 같다는 생각이 들기 시작했다.

마법도 마나가 기본이다. 물론 지금 현중이 가지고 있는 능력 또한 기본 바탕이 바로 마나다. 그리고 대륙의 마법 기본 이론에는 마나란 우주 어디든 있고 우주를 만들고 지탱하는 기본이라고 쓰여 있던 것을 본 적이 있다.

즉, 사이언톨로지에서 말하는 메스트(Mest)는 현중도 익히 알고 있는 마나(Mana)와 그 뜻이 완전히 같은 말이었다.

그렇게 해석이 되자 크게 웃던 현중은 물끄러미 테른을 바라보면서,

“네 생각은?”

―우선 마나석 하나만 놓고 봐도 대륙의 마법 지식을 가진 존재가 사이언톨로지에 존재한다고 생각됩니다.

지극히 객관적이고 냉철하게 판단하는 테른이 그런 결정을 내렸다면 거의 확률이 70% 이상은 된다는 말이다.

그리고 대륙의 마법 지식을 가진 존재가 현중과 테른 외에 또 있다는 것은 조금 의외이긴 했다. 하지만 현중도 대륙을 다녀왔는데 설마 다른 사람이 없으리란 법은 없으니 한편으로 쉽게 이해가 되기도 했다.

하지만,

“위험해.”

―저도 그렇게 생각합니다.

현중은 단번에 위험하다는 판단을 내렸다.

대륙의 마법은 본래 마나를 기본으로 두고 있기에 지구에서는 쓸모없는 지식에 불과할 수도 있다. 하지만 반대로 말하면, 마나를 가질 수만 있다면 마법 지식은 현재 지구에서 그 어떤 지식보다 진보됐고 앞서 있다는 말이다.

현재 테른은 엄청난 정신력으로 육체를 지니는 마족의 특성 때문에 지구의 적은 마나와 공명을 일으켜 마법을 마음대로 사용할 수 있지만 인간은 이미 지구의 마나에게서 버림받은 존재다.

마법을 사용할 수 없다는 말이다. 그렇기 때문인지 현중이 대륙으로 넘어갔을 때도 대륙의 마나와 전혀 공명을 할 수 없었고, 거기다 치우천황무 때문에 완전히 마법과는 등을 돌리게 되었다.

"마나석을 만들어낼 정도의 지식을 가진 존재라……."

대륙에서도 만들지 못했던 마나석이다.

그런데 지구에서는 그걸 만들어서 이미 퍼뜨리고 있던 것이다.

거기다 사이언톨로지라는 종교 단체를 이용해서 막대한 돈을 벌어들이고 그 돈으로 마나석과 같은 것을 만들어내고 있는 녀석들이 있다는 것은 조용하게 지구에서 생활을 하려던 현중에게 불길한 기운이었다.

운명이란 것이 결코 피하고 싶다고 피할 수 있는 게 아니다.

그건 필연적인 것으로 이제야 현중도 자신이 대륙으로 끌려가서 개고생을 할 운명이었다고 대충 받아들인 상황이었다.

그만큼 운명이란 것은 무겁고 피할 수 없는 것이다.

"내가 지구로 돌아온 것은 어쩌면 예정된 순서였을지도 모르겠군."

어렴풋이 지금 자신이 이런 힘을 가지게 된 것이 운명의 정해진 순서가 아닐까 하는 생각이 들었다.

초월자로까지 불리는 현중이 어렴풋이 느낄 정도라면 아마 확실할 것이다.

─마스터, 그리고 그들 사이언토롤지가 마스터의 존재를 눈치채기 시작한 것 같습니다.

"나의 존재를?"

아직 이렇다 할 접촉이 없었던 상황에서 사이언톨로지 쪽에서 눈치를 챌 리가 없다고 생각했던 현중은 곧바로 뭔가가 떠올랐다.

"실드……."

테른이 잡혀 있는 감옥으로 내려가는 입구를 막아놓았던 실드가 뒤늦게 생각난 것이다. 그때는 그저 흑마법을 사용하는 녀석이 만들어놓은 실드로 생각했다.

대륙의 실드와 그 느낌이 완전히 달랐기에 대수롭지 않게 넘겼는데 사이언톨로지의 기본 이념과 연결해서 생각해 보니 그들이 현중의 존재를 눈치챌 것은 오직 하나 그것뿐이었다.

"실수했군."

우선 의심을 하고 좀 더 냉정하게 판단해야 했는데 그때 현중은 테른이 잡혀 있다는 것에 잠시 흔들렸고, 그 흔들린 결과가 이것이었다.

─죄송합니다.

따지고 보면 모두 테른의 잘못이었다.

테른이 잡히지 않았다면 현중이 그렇게 나설 이유가 없었고, 그렇다면 사이언톨로지에서 현중의 존재를 눈치채지 못했을 것이다.

"됐어. 지나간 일은 지나간 일이다. 그리고 그들이 눈치를 챘다고 해서 지금 당장 달라질 것도 없으니."

―예, 마스터.

대륙에서 단 한 번도 실수를 한 적이 없던 테른이 지구에서 인간들의 손에 붙잡힌 것은 치욕이었다.

하지만 그걸 누구 탓으로 돌릴 수도 없는 것은 모두 자신이 방심했기 때문이다.

그저 인간 암살단이라고 생각했던 마흐랑드가 주술사일 줄은 몰랐다. 그리고 마흐랑드의 손에 마기를 제압하는 능력이 깃들어 있는 다마스쿠스의 검이 있을 줄도 몰랐다.

물론 정보 부족이 핑계라면 핑계일 수 있지만 그건 인간들이나 하는 비겁한 변명일 뿐이고, 마족인 테른은 냉정하게 자신이 방심했다고 인정했다.

그리고 그 결과 현중의 존재가 적이라고 판단되는 녀석들에게 드러나기 시작한 것이다.

물론 현중은 그런 일에 신경 쓸 성격이 아니다. 하지만 테른은 달랐다. 이건 마족 서열 50위에 있는 공작위를 가진 테른의 프라이드가 가장 심하게 구겨진 일이었다.

그걸 알기에 현중도 각성의 단계까지 봉인을 풀어주고 빠른 시간 안에 구겨진 프라이드를 회복하라고 도움을 준 것이다.

물론 약간의 회복은 되었지만 자신이 모시고 있던 주인의 존재가 드러난 것은 또 다른 상처가 되어버렸다.

―최대한 정보를 차단하겠습니다.

"아니, 내버려 둬."

―네?

귀찮은 걸 싫어하는 현중은 당연히 빨리 조치하라고 할 줄 알았다. 하지만 귀찮은 놈들이 달라붙는데 그냥 내버려 두라고 하니 테른은 살짝 놀랐다.

"왜 그리 놀래?"

―그게… 마스터께서 당연히 정보를 차단할 것으로 생각했습니다.

씨익~

테른의 모습을 보던 현중이 잠시 웃더니,

"피할 수 없으면 즐겨라. 넌 이 말 모르지?"

―알고는 있습니다.

"그래, 그거야. 사이언톨로지 녀석들과 마찰은 어차피 예정된 순서 같단 말야. 그러니까 내버려 둬. 운명이 그렇게 흘러가도록 만들어두었다면 즐겁게 기다리도록 하지. 크크큭."
　흠칫!
　순간 테른은 현중의 미소에서 살기를 느꼈다.
　현중이 지구에 살았을 때 성격이 어땠는지 테른은 모른다.
이미 마왕을 찜 쪄 먹을 능력을 가지고 대륙을 나왔을 때 테
른을 만났으니까 말이다.
　하지만 단 한 가지, 누군가에게 휩쓸리거나 끌려 다니거나
하는 것을 극도로 싫어한다는 것은 잘 알고 있었다.
　주신 카일라제를 그렇게 대놓고 욕하고 다닌 것도 모두 이
용당했다는 생각에 아직도 응어리를 풀지 못하고 있기 때문
이다.
　현중의 성격은 한마디로 자유였다.
　뭘 해도 남에게 피해만 가지 않으면 마음대로 활개 치고 다
니는 그런 자유로운 성격이다. 그 성격이 서열과 힘만 앞세운
마계의 생활에 질려 있던 테른의 마음을 완전히 사로잡아 버
렸기에 차원이 다른 지구까지 현중을 따라 나선 것이다.
　그런데 그런 현중이 지금 분노하고 있었다.
　"테른."
　ー네, 마스터.
　"시이언틀로지 녀석들의 모든 정보를 보아라. 이왕 기다릴
거면 녀석들에 대해서 좀 알아야 하지 않겠어?"

―네, 마스터.

움직이지 않으면 몰라도 일단 움직이면 거침이 없고 확실하게 상대를 짓밟아 버리는 현중이다. 대동그룹도 계속되는 치근덕거림에 아예 먹어버리기로 결심했는데 이번에는 사이언톨로지라는 녀석들이 현중의 성미를 건드린 것이다.

거기다 현중은 왠지 사이언톨로지 녀석들과 자신의 만남이 이미 예정된 순서가 아닐까 하는 묘한 느낌을 받고 있었다.

"훗, 적은 적일 뿐이지. 그 이상도 그 이하도 아니다."

그 말을 끝으로 현중은 입을 닫아버렸고, 테른은 방바닥에 어지럽게 널브러져 있는 쇳조각 하나까지 모조리 자신의 아공간에 챙겨 넣었다.

Chapter 07

포선과 가창력

"포션 준비는?"

맥라렌에 문을 열고 올라타던 현중이 마중 나온 시리를 향해 물어보자,

―여기 있습니다.

맑은 초록색의 포션이 500ml 정도 담긴 유리병과 작사, 편곡을 한 악보를 현중에게 양손으로 공손히 넘겼다.

"테른은 어디로 갔지?"

보통 테른이 나오기에 시리가 이렇게 현중이 어딜 나갈 때 배웅하는 경우는 이번이 처음이다.

─주인님의 명령으로 현재 정보를 수집하기 위해 움직이셨습니다.

"흠… 아직 자존심의 상처가 남아 있는 모양이군."

아무리 시리가 있다고 하지만 현중의 시중은 거의 테른이 들었다.

하지만 그런 것도 잠시 미룬 채 사이언톨로지의 정보와 대동그룹을 집어삼킬 작전을 실행하기 위해 움직였다면 그만큼 테른의 자존심이 아직 회복되지 않았다는 것이다.

물론 그런 것도 알고 있는 현중이다.

사이언톨로지를 상대하기로 마음먹은 이유는 현중에게서 느껴지는 운명을 느낀 것도 있지만 테른에게 굴욕을 준 진정한 적이 사이언톨로지였기 때문이다.

─테른 마스터의 명령으로 잠시 제가 주인님의 시중을 들겠습니다.

"음."

지금 현중이 가는 곳은 팅클의 소속사였다.

악보를 아무리 고쳤지만 역시나 가수는 가창력이 생명이다.

그리고 현중은 움직인 이상 허접하게 하는 것은 스스로가 용납하지 못하는 성격이기에 애초에 처음 약속대로 세희를 보컬 트레이닝하기로 한 것이다.

그런데 갑자기 포션을 왜 챙기는지는 아직 현중 본인만 알고 있었다.

"너도 가자."

—…….

시중을 든다고 했지만 막상 현중이 맥라렌에 타라고 하자 주춤거리는 시리였다.

"아직 세상이 겁나나?"

날카롭게 시리의 속마음을 꼬집어 말하는 현중의 말에 시리는,

흠칫!

온몸을 잠시 떨면서 눈동자가 흔들렸다.

아무리 혈족이 되었다고 하지만 이제 피를 받아들였을 뿐 인간의 이성과 혈족의 힘이 충돌을 일으키고 정체성이 흔들리고 있는 시기가 지금의 시리였다.

어쩌면 지금 현중이 시리를 데리고 세상 밖으로 나가는 것은 오히려 지금의 혼란에 부채질을 할 수도 있지만 이상하게 현중은 시리를 데리고 기획사로 가기로 마음먹은 것이다.

—아닙니다. 가겠습니다.

현중의 질문에 뭔가 결정을 내린 듯 뒷좌석에 올라탄 시리는 표정이 굳어 있었다. 그리고 그런 모습을 슬쩍 쳐다보던 현중은 웃으면서,

“시리.”

―네, 주인님.

“그냥 받아들여라. 네가 혈족의 힘을 가지게 된 것은 다 이유가 있기 때문이다. 그리고 망설이지 마라. 나는 내 품 안에 있는 사람이 다치는 것은 용납하지 못한다.”

무뚝뚝하지만 강한 의지를 담은 현중의 말에 시리는 조용히 고개를 끄덕이면서,

―전 테른 마스터와 마찬가지로 주인님의 것입니다. 그리고 감사합니다.

“가자.”

부르릉!

중저음의 맥라렌 F1의 엔진 음이 강하게 울리면서 출발했다.

한편 이렇게 현중과 시리가 팅클 소속사를 향해 출발할 때 테른은 경북 구미에 있는 공업단지에 있었다.

―이곳이란 말이지.

테른이 대동그룹을 알아본 결과 너무 크게만 키우려고 했던 하주혁의 의지 때문인지 아니면 키우다 보니 그런 구조가 된 것인지, 대동그룹은 이상하게 대동전자가 그룹을 떠받치고 있는 기둥 역활을 하고 있었다. 그 외에 대동중공업, 대동

기계, 대동통신으로 크게 총 네 개의 커다란 계열사를 두고 움직이고 있는, 경제면에서 보면 거의 커다란 타이탄이나 마찬가지였다.

그리고 그런 대동그룹의 기둥인 대동전자에서 생산하는 전자제품의 액정 패널을 생산하는 공장이 있는 구미공단에 테른이 와 있었다.

―크크큭, 시작해 볼까.

테른은 한동안 현중의 명령으로 대동그룹에 관련된 모든 주식을 G은행에 있는 자금과 아공간에 있는 금을 이용하여 미친 듯이 모았다.

확실한 정보를 알아보고 난 뒤에 대동그룹과 관련이 있는 주식은 그 어떤 것이라도 사 모으기 시작하자 알게 모르게 주식 값이 오르면서 쉽게 주식을 팔려고 내놓는 사람이 없었다.

아라크네가 대동그룹의 주식을 사 모은다는 소문이 하루가 지나자 증권가에 퍼져 버린 것이다. 이미 아라크네라는 이름값만으로도 주식이 성공할 수 있다고 믿는 사람들이 많다 보니 기존에 대동그룹 주식을 가지고 있던 사람들이 더 이상 판매를 하지 않고 가지고 있자고 버텼다. 그런 심리가 생기면서 주식의 구매가 어려워지자 테른은 아예 생각을 바꿔 버렸다.

―주식을 안 판다면 팔도록 만들면 되겠지. 크크큭.

어차피 그들이야 어떻게 생각하던 테른은 아무런 상관이
없었다.

자신은 그저 마스터인 현중에게 이빨을 드러낸 대동그룹
을 철저하게 집어삼킬 뿐이다.

테른이 하늘에서 내려다보는 대동전자의 액정 패널 공장
은 규모가 정말 엄청났다.

일하는 총 근로자가 8만 명으로 알고 있었다. 물론 구미공
단에 있는 공장에는 25,000명이 근무하고 나머지는 다른 공
업단지에 흩어져 있기에 이곳에서 볼일이 끝나면 곧장 다른
곳으로 움직여야 했다.

거의 자동화가 이루어져 있는 이곳에서는 하루에도 몇 만
개의 액정 패널이 쏟아져 나오고 있지만 테른은 그런 것에는
관심이 없었다. 오로지 출하 직전에 창고에 포장되어 있는 완
제품으로 시선을 돌렸다.

―이제 시작이야.

엄청나게 쌓여 있는 액정 패널을 바라보던 테른은 양손을
번쩍 들어 올리면서,

―심벌, 룬, 글루헌, 보존, 참.

주문이 끝나자 창고 지붕에 환하게 빛이 번쩍이면서 커다
란 창고를 가득 채울 정도로 큰 마법진이 허공에 그려졌다.
곧 창고 지붕을 투과하듯 스며들면서 사라졌다.

그런데 그게 끝이 아니었다.

—흐… 아아아아—!

마법이 성공하자 테른은 곧바로 온몸을 웅크리더니 자신의 몸 안에 마기를 응축시키기 시작했다.

응축시킨 마기를 오른팔로 몰아서 작은 야구공만 한 크기로 뽑아낸 뒤 방금 마법진을 실행했던 창고의 지붕으로 냅다 집어 던졌다.

퐁~

마치 물속으로 돌멩이가 빠지는 듯 맑은 소리를 내면서 사라진 마기 구슬은 별다른 징후를 보이지 않았다.

하지만 테른은 웃으면서,

—자, 그럼 다른 다섯 곳의 공장도 돌아야겠지.

자신의 마법이 실패했다는 것은 전혀 생각지도 않고 곧바로 발걸음을 돌려 창고 한편의 어둠 속으로 사라져 버렸다.

스멀스멀.

테른이 사라지고 난 뒤 정확하게 5분 정도 지났을까? 창고 지붕에서 마치 검은 연기가 살아 있는 듯 내려오더니 출하를 기다리는 액정 패널의 제품 속으로 스며들기 시작했다.

그렇게 많은 양은 아니지만 하나도 빠짐없이 검은 연기가 스며들자,

치치익!

잠시 전류도 흐르지 않던 액정 패널이 켜지더니 붉은색의 화면이 켜졌다가 곧바로 꺼졌다. 그런 현상이 한두 개가 아니라 창고에 있는 모든 제품에 공통적으로 발생했다.

모든 제품에 검은 연기가 스며들고 나자 거짓말처럼 연기는 사라져 버렸고, 평온한 창고 본연의 모습을 돌아와 있었다.

드드륵!!

"김 주임, 서둘러!! 오늘 이거 다 출고해야 해!!"

크르릉~

때마침 창고 문이 열리면서 커다란 지게차가 들어오더니 창고에 쌓여 있는 액정 패널을 옮기기 시작했다.

그리고 이런 현상은 대동전자 액정 패널을 생산하는 다섯 곳의 모든 공장 출하 창고에서 벌어지고 있었다.

─이제 시작이야, 시작. 확실하게 잡아먹어 주지, 대동그룹.

만족한 듯 마지막 출하 창고까지 마법진 설치를 마친 테른은 잔인한 미소를 보이면서 허공에서 사라졌다.

테른이 대동전기의 주력 상품인 액정 패널 공장에 마법진 설치를 마치는 시각에 맞춰 현중도 팅클의 소속사에 도착했다.

끼익~

이미 맥라렌 F1 자체가 현중의 명함이나 같은 상태라 차가 들어오자마자 대번에 기획사 사무실에 현중이 도착했다는 말이 순식간에 퍼졌다.

"어쩐 일이십니까?"

김대칠은 연락하지 않으면 좀처럼 보기 힘든 현중이 아무 연락 없이 기획사 사무실에 왔기에 무슨 뜻이 있기보다는 그냥 물어본 말이었다.

"전에 말씀 드린 팅클 보컬 트레이닝 때문에 왔습니다."

"아, 네. 그런데… 뒤에……!!"

현중 때문에 뒤늦게 현중의 뒤에 있던 시리를 알아본 김대칠은 눈이 번쩍 뜨였다.

섹시한 외모에 레이싱 모델도 울고 갈 비율의 몸매를 가진 시리가 무표정한 얼굴로 현중 뒤에 서 있었다.

"누구… 십니까?"

현중과 같이 왔으니 조심하는 것이다.

"제 비서입니다."

"아, 역시……."

김대칠은 현중이 시리를 비서라고 소개하자 그럼 그렇지 하는 표정으로 잠시 고개를 몇 번 끄덕였다.

"그보다 새롭게 편곡된 곡입니다."

"벌써요?"

김대칠은 오매불망 기다리긴 했지만 설마 이렇게 빨리 해줄 줄은 몰랐기에 반색을 하면서 급히 현중이 내민 악보를 봤다. 물론 김대칠이 악보를 정확하게 볼 줄은 모르지만 어느 정도 보는 눈은 있는 편이었다.

"그럼 우선 녹음실로 내려가실까요?"

"그러죠. 그리고 팅클 멤버도 녹음실로 불러주세요."

"네."

김대칠은 빨리 새로 편곡된 곡이 듣고 싶은 마음에 때마침 회의실에서 나오던 팅클 매니저에게 녹음실로 내려오라는 말만 남기고 현중과 시리를 데리고 지하로 내려갔다.

그런데 이미 녹음실에는 먼저 온 사람이 있었다.

"사장님, 어쩐 일이세요?"

혼자 머리를 쥐어짜고 있던 태성은 김대칠을 보자 심드렁한 표정이다가 현중을 보는 순간 급히 벌떡 일어섰다. 현중 뒤에서 시리가 얼굴을 내밀자 번개보다 빠르게 옆에 있던 모자를 눌러쓰고는,

"어, 어쩐 일이세요? 갑자기……."

"태성아, 팅클 곡이 완성되었다고 한다. 그래서 들어보려고 내려온 거다."

"정말요?"

팅클의 앨범 작업이 끝나야 퍼션의 앨범 작업과 데뷔가 빨

라지기에 태성은 오매불망 기다리고 있었다. 보통 편곡이 빠르면 며칠 만에도 되지만 평균 한두 달은 걸리는 작업이라 마음이 심란한 상태였다.

아직 자신의 자작곡도 완성되지 않았으면서도 은근히 앨범 작업이 빨리 들어가기를 바라는 눈치인 것이다.

"연주할 수 있겠지?"

이미 전문 세션들도 포기했던 곡을 무난히 연주했던 태성이다.

그것보다 더 쉽게 편곡이 되어 있는데 못할 리가 없다. 태성은 곧바로 악보를 받아 들고 전자 키보드 세팅을 하기 시작하는데 몇 번 하다가 고개를 갸웃거렸다

"이거… 혼자서는 무리겠는데요?"

"왜 그러나?"

그 어려운 곡도 했던 태성이 갑자기 난색을 표하자 김대칠이 당황하면서 물어보자,

"동시에 눌러야 하는 부분이 제법 많아서요. 제가 손이 네 개면 몰라도 보다시피 두 개뿐이라……. 사장님이 옆에서 같이 쳐주실래요?"

실실 웃으면서 김대칠에게 농담 비슷하게 말하자 김대칠은 손사래를 쳤다.

"안 돼. 난 악기 다룰 줄 몰라."

“에이, 무슨 기획사 사장님이 피아노 건반 하나 다룰 줄 몰라요? 말도 안 돼.”

제법 많이 친해진 듯 김대칠과 편안하게 대화하는 모습을 보던 현중은 슬쩍 눈을 돌려 시리를 보았다. 시리도 때마침 현중을 보고 있다가 서로 눈이 딱 마주쳤다.

“해보겠어?”

―네, 주인… 사장님.

순간 주인님이라고 할 뻔했던 시리는 급히 사장님으로 바꿔 불렀다.

괜히 오해할 만한 일은 사양하는지라 현중이 오면서 시리에게 자신이 비서라고 소개할 테니 사장님이라고 부르라고 지시했던 것이다. 하지만 주인님이 이미 뇌리에 각인되어 있는 시리인지라 자신도 모르게 자연스럽게 주인님이라는 단어가 나올 뻔했다.

“태성 군, 여기 내 비서인 시리 양인데 피아노 전공했으니까 한번 해보겠어?”

현중의 말에 슬쩍 시리를 바라보던 태성은 엄지손가락을 높이 치켜들면서,

“너무나 땡큐합니다.”

의외로 허물없이 사람을 대하는 태성의 성격에 현중도 은근히 자신이 사람 보는 눈은 아직 괜찮다고 잠깐 생각했다.

그리고 다시 현중이 녹음실 마이크가 있는 방으로 들어갔다.

"준비되면 시작해."

몇 번 세팅을 하고 태성과 시리는 파트를 나누어 연주를 시작했다. 시리는 너무나 빠르고 자연스럽게 파트 선별 작업을 끝내 버렸다.

"와우, 대단한대요. 악보만 보고 연주 파트를 이렇게 정확하고 완벽하게 나누다니."

태성은 아직 이 곡을 시리가 편곡했다는 것을 모르고 있기에 놀라고 있었다. 하지만 시리는 오히려 너무나 쉬웠다. 자신이 편곡했으니 곡의 흐름은 누구보다 잘 알고 있기 때문이다.

띵~

태성의 손가락이 움직이자 연주가 시작되었다.

딸각!

그에 맞춰서 김대칠도 녹음 버튼을 재빨리 눌렀다. 저번처럼 실수하기 않기 위한 것도 있지만 현중이 또 노래를 부를 것 같다는 것을 눈치챈 김대칠은 이번만큼은 절대 놓칠 수 없는 기회이기도 했다.

이미 저번에 현중과 테른의 합작으로 녹음한 연주 음원을 연주를 포기했던 전문 세션들에게 들려준 적이 있었다.

처음에 다들 전자 키보드로 한 사람이 연주했다고 하자 믿지 않는 눈치였다. 하지만 동영상으로 녹음도 되어 있는 것이 있어 그것을 보여주자 다들 연주가 시작되는 동안 눈을 떼지 못했다.

부드러운 손놀림, 물이 흐르듯 자연스러우면서도 건반 위를 날아다니는 한 마리 나비와 같은 손짓에 악기 다루는 걸로 먹고사는 세션들도 넋을 잃어버렸다.

그런데 테른의 연주는 전초전에 불과했다.

"이건… 말도 안 돼. 저런 사람이… 어떻게……."

"미… 친……. 저 사람 성대는 뭐로 만들어져 있기에……."

"임재석을 능가하는 목소리다."

허스키하면서도 거친 목소리로 첫 곡을 부른 현중의 목소리에 대한 평가였다.

뭔가 마력이 있다고 해야 할까? 듣는 세션들은 모니터 속으로 파고들어 갈 기세로 시청했는데 두 번째 곡이 나왔을 때는 들고 있던 악기도 땅에 떨어뜨릴 정도로 충격을 받았다.

"…한 사람의 목에서 어떻게 저런 목소리가 나와. 말도 안 돼."

"마치… 임재석과 송시경 두 사람이 따로 부르는 것 같아."

현중의 목소리 변화에 김대칠보다 더 큰 충격을 받는 사람들이 세션이었다.

그런데 그런 충격이 거의 끝나갈 무렵 김대칠은 동영상 하

나를 더 틀었는데 태성이 혼자서 테른이 했던 것과 같은 연주
를 하는 모습이었다.

"……."

여기서는 더 이상 세션들도 할 말을 잃어버렸다. 테른의 연
주보다 약간 불안하긴 하지만 충분히 소화하고 있지 않은가,
그 어려운곡을!

그리고 세션들은 태성을 소개시켜 달라고 했고, 세션과 태
성은 의외로 쉽게 친해졌다.

힙합 정신으로 자유로운 성격의 태성이 붙임성이 좋은지
곧바로 세션 멤버들을 형이라고 부르면서 친근하게 대하자
하루 만에 형, 동생 하면서 음악을 나누는 사이로 변해 있었
다. 그 어려운 곡으로 세션들의 사기가 떨어진 것을 그렇게
태성이 다시 끌어올렸으니 김대칠로서는 마냥 예뻐 보일 수
밖에 없었다.

음악으로 먹고사는 사람들의 콧대를 완전히 찍어 눌러버
린 현중, 테른과 달리 태성은 약간의 빈틈도 보이고 아직 어
리며 거기다 고생의 대명사인 무명의 연습생이라는 것이 세
션들에게 친근하게 다가간 듯했다.

띠리링~

상념에 잠겨 있던 김대칠을 깨운 것은 본격적으로 연주를
시작한 태성이었다.

그리고 헤드폰으로 들려오는 또 다른 소리는 바로 시리의 손놀림에서 퍼져 나오는 음악이었다.

"쉽고 편하다."

전주곡만 들어봤을 때 김대칠이 느낀 것은 저번에 들어본 곡과 너무나 달라진 편곡에 놀랐지만 그보다 음이 쉽고 간단하다는 게 가장 먼저 뇌리에 각인됐다.

본래 대중음악은 어려우면 안 되는 법이다. 왜냐하면 쉽고 따라 부르기 편하고 은근히 중독성도 있어야 유행이 되고 히트도 치는 법이다.

그런데 지금 듣는 곡이 그 모든 요소가 포함되어 있는 것이다.

거기다 현중의 입이 떨어지면서 목소리가 나오는 순간,

"임재석도 울고 가겠군."

딱 이 말밖에 나오지 않았다.

두 번째로 듣는 현중의 노래지만 이미 음원으로 수도 없이 들었던 김대칠은 저런 폭발력 있는 가창력과 매력적인 보이스를 가지고 있는 현중이 왜 가수를 안 하는지 잠시 고민한 적이 있었다.

결국 돈이 있기 때문이라는 결론으로 끝났다.

가수가 되고 싶은 사람들은 처음에는 마냥 가수라는 게 좋기 때문에 시작하지만 결국 돈 때문에 하는 것이다.

그리고 돈이 많은데 굳이 사람들 앞에서 억지웃음을 지어 보이면서 행사나 스케줄에 잠도 몇 시간밖에 못 자고 온종일 카메라에 소문이 꼬리처럼 따라다니는 연예인을 할까? 물론 그걸 즐긴다면 할 수도 있다.

하지만 김대칠이 본 현중은 아니었다.

자신이 하고 싶으면 굳이 팅클을 도와주지 않아도 충분했다. 엔터네인먼트 하나를 새로 차려도 될 재력을 가지고 있는 현중이 아닌가.

즉, 모든 게 돈 때문이라는 결론이 나올 수밖에 없는 것이다.

"……!!"

여러 생각과 함께 헤드폰으로 들리는 음악을 듣는 김대칠은 곡이 중반을 넘어갔을 때 문득 이상하다는 생각이 들었다.

저번 곡에서는 연주와 목소리가 완벽하게 맞지 않으면 음 자체가 비틀어지는 느낌을 받을 정도로 어려운 곡이이었다. 이번 편곡에서는 음악은 정말 쉽게 편곡이 되었다.

이건 연주 좀 한다는 사람을 데려다 놓아도 충분히 할 수 있는 편곡인 것이다. 그런데 문제는 다른 데서 생겼다. 바로 가창력이었다.

김대칠도 가수를 키우는 입장에 있으니 귀가 열려 있어 듣는 귀는 제법 좋은 편이었다. 그렇기에 지금 편곡의 단점을 단번에 눈치챈 것이다.

"…댄스 가수에게… 가창력을 요구하는 노래라니……."

보통 댄스 가수들은 노래를 나눠 부르기에 뒷부분만 가창력이 좋은 한 명이 부르고 처음과 중간은 얼굴이 예쁜 애들을 내세우는 게 보통이다.

하지만 지금 현중이 편곡해 온 것은 너무나 쉬웠다. 편곡 자체만 보면 정말 김대칠이 원하는 쪽으로 편곡이 되어 왔다. 하지만 너무 쉽고 단순하게 반복되는 곳도 제법 있다 보니 가창력에 따라 노래가 죽을지 살지 결정이 나버리는 곡으로 변해 버린 것이다.

"미치겠군."

팅클의 가창력을 누구보다 잘 알고 있는 김대칠은 자신도 모르게 얼굴을 찡그렸다.

"…세희가 그때 다치지만 않았다면… 어떻게 해볼 만한데……."

지금 현중이 만들어준 두 곡 모두 너무나 김대칠의 마음에 드는 곡이기에 욕심은 생겼다. 하지만 그럴수록 2집 작업을 할 때 우연히 사고로 목을 다쳐서 이제는 죽어버린 세희의 가창력이 아쉬울 뿐이다.

댄스곡은 그나마 립싱크를 한다고 해도 발라드에서 문제였다.

가창력 하나로 노래가 죽고 사는 곡으로 돌아온 것이다.

물론 현중이 불러서 지금 완벽하게 곡이 살아나 김대칠의 마음속에 깊이 파고들었지만 이곡을 지금의 팅클이 부른다면?

"안 돼."

자신도 모르게 고개를 저어버리는 김대칠이었다.

그렇게 복잡한 심경으로 노래를 듣던 김대칠과 달리 현중은 발라드까지 가이드송 녹음을 마친 다음 여유로운 표정으로 밖으로 나왔다. 그런데 그늘진 얼굴로 자신을 바라보는 김대칠을 보면서 슬쩍 웃었다.

"현중 씨."

"네, 말씀하세요."

"정말… 좋은 곡입니다. 하지만 팅클이 부를 수 없는 곡입니다."

지금은 편곡하기 전의 어려운 연주곡이 그리울 정도였다.

하지만 그런 김대칠의 말에 현중은 오히려 미소를 지으면서,

"해보지도 않고 포기하시려는 겁니까?"

"그게 아니라 가창력 하나로 노래가 죽고 사는 곡을 무슨 수로……."

너무나 잘 알기에 포기도 빨리 하는 것인지 김대칠은 거의

울 것 같은 표정이었다.

마음에 들고 정말 앨범으로 만들고 싶은 곡인데, 팅클의 가창력이 안 돼서 선뜻 하고 싶다는 말이 나오지 않는 것이다.

거기다 지금 이번 앨범의 모든 자금을 현중이 대신 부담하고 있다. 이건 김대칠에게는 하나의 시험과 같은 것이었다.

이번 앨범이 성공하면 현중에게 믿음을 주고 다음 앨범 때 김대칠도 현중에게 당당하게 뭔가 요구할 수 있지 않겠는가? 그러다 보니 민감할 수밖에 없었다.

하지만 그런 김대칠은 아랑곳없는 현중은,

"해보지도 않고 포기하는 건 아니라고 봅니다, 사장님. 그리고 이미 저도 대충 왜 그러시는지는 알고 있습니다. 그래서 저번에 말씀드리지 않았습니까? 팅클 멤버 전원을 보컬 트레이닝 하겠다구요."

현중의 말에도 김대칠은 안심이 안 되는지 물끄러미 현중을 바라보면서,

"가능하겠습니까?"

"후훗, 어차피 망해도 제가 망하는 거죠. 안 그런가요?"

"……."

너무나 쉽게 말하는 현중의 모습에 김대칠도 결국 고개를 끄덕였다.

"단, 강제로는 저도 안 시킵니다. 하기 싫은 거 억지로 해

봐야 양쪽 다 피곤하고 불화만 생기니까요.”

“알겠습니다.”

김대칠이 환상적인 가창력을 가진 현중의 말에 결국 넘어가자 기다렸다는 듯 녹음실의 문이 열리면서 팅클의 멤버인 미희, 소희, 세희가 들어왔다.

그리고 현중은 슬그머니 시리에게서 포션이 든 병을 넘겨받아 탁자 위에 올려놓았다.

이미 현중은 팅클에게 자신만의 방법으로 보컬 트레이닝을 시키려고 마음먹고 온 것이다.

그리고 그러려면 필연적으로 포션이 필요했다.

김대칠과 태성이 나가고 녹음실에 남은 현중과 시리, 그리고 팅클 멤버 세 명은 조용히 앉아서 현중의 이야기를 듣고 있었다.

“우선 보컬 트레이닝을 할 겁니다.”

“네, 이야기 들었어요.”

세희는 이미 예상하고 있던 것이고 미희와 소희도 이미 들었는지 고개를 끄덕였다. 하지만 현중은 그런 그녀들을 보면서 고개를 살짝 가로젓더니,

“이건 강제가 아니라 원하는 사람만 할 겁니다.”

“저희는 다 원해…….”

세희가 모두를 대표하듯 강하게 말하자 현중은 그런 그녀들의 눈빛을 보고는 싱긋 웃었다. 조용히 일어나 시리에게,

"시리, 연주 부탁한다."

─네, 사장님.

그리고 아무 말도 없이 녹음실로 들어가더니 곧 시리의 연주가 시작되었다.

띠링~

전자 키보드의 건반이 움직이면서 시리의 손놀림도 따라 춤을 추듯 움직이는데 팅클 멤버들도 익히 알고 있는 전주곡이었다.

"머라이어 캐리의 Hero……."

설마 남자인 현중이 부르려는 노래가 가창력으로는 미국에서도 둘째가라면 서러워하는 머라이어 캐리의 노래라는 것에 놀랐다.

그리고 그런 놀람이 마치 사라지기도 전에 현중의 입에서 간드러지는 듯한 미성이 흘러나왔다. 이건 팅클 전원에게 하나의 충격으로 다가오는 목소리였다.

"말도 안 돼."

"어떻게 저렇게 음역 폭이 넓은 거지."

기본적으로 가수를 꿈꾸면서 누구나 한 번은 들어봤을 법한 팝송이라면 당연히 머라이어 캐리의 노래를 빼놓을 수가 없다.

특히나 가수들 사이에서 가창력을 뽐내고 싶을 때 꼭 필수로 선택하는 곡이 바로 머라이어 캐리의 노래였다. 세희도 몇 번 부른 적이 있고, 우연인지 세희가 목을 다치기 전에 가장 자주 불렀고 애창곡이었던 노래가 'Hero' 였다.

그런데 노래 후반부에 들어서자 현중의 목소리가 더욱 높이 올라갔다. 원래 부르던 키보다 더 높이 올라가고, 그대로 음을 계속 이어서 흔들림없이 끝마치기까지 했다 그 모습은 아무리 댄스 가수지만 가수를 직업으로 삼고 있는 팅클 멤버들에게는 믿을 수 없는 현실로 다가왔다.

"……."

밖으로 나온 현중의 눈앞에 동그랗게 뜬 눈으로 현중만 바라보는 세 미녀의 모습이 보였다. 아랑곳하지 않고 다시 자리에 앉은 현중은 입을 열었다.

"최고가 되고 싶나요?"

"……?"

동시에 무슨 말인지 이해를 못하는 팅클 멤버들을 보면서 현중은 다시 물었다.

"이왕 가수로 살아갈 것을 결정했다면 한번 최고로 살아보고 싶지 않느냐고 묻는 겁니다."

현중의 엄청난 가창력에 놀라서 정신을 차리지 못하는 팅클 전원의 눈빛이 변하기 시작했다.

"우선 세희 씨는 이미 전에 저에게 보컬 트레이닝을 받겠다고 했죠?"

"네!"

한 치의 망설임도 없이 대답하는 세희를 보면서 현중은 씨익 웃으면서 이제 다른 두 명을 쳐다봤다

"그럼 미희 씨와 소희 양은 어떤가요?"

"음……"

세희와 달리 소희와 미희는 이미 3집까지 발매한 가수의 입장에서 다시 보컬 트레이닝을 받는다는 게 썩 내키지 않는지 망설이는 눈빛을 보였다. 현중도 굳이 설득할 생각은 없었다.

"그럼 우선 세희 씨만 보컬 트레이닝 받는 걸로 하죠."

미희외 소희는 그냥 구경하는 걸로 하고 현중은 별다른 설명도 없이 세희를 부스로 들어가게 했다. 현중의 요구는 딱 한 가지였다.

"지금부터 한 시간 동안 이 노래 다섯 곡을 모두 차례대로 불러보세요. 단, 본래 노래 키 그대로 갑니다."

그리고 현중이 알려준 노래를 듣는 순간 팅클 멤버 전원의 눈동자가 흔들렸다.

"아니, 앞의 두 곡이야 원래 세희 언니도 부르는 곡이지만……"

소희는 곡목을 듣자 현중에게 한마디 하려고 했다. 하지만

현중이 똑바로 소희를 보면서,

"소희 씨가 부를 건가요?"

"아니… 그건 아니지만… 그래도……."

"그럼 됐군요."

"……."

마치 냉동고에서 얼려서 꺼낸 칼로 자르듯 차갑게 소희를 무시해 버린 현중은 세희를 바라봤다.

"세희 씨."

"네, 현중 씨."

"이게 첫걸음이에요. 앞으로 나가기 위한."

"……."

"무너뜨리고 싶다고 했죠? 그럼 그 누구도 간섭할 수 없는 능력을 가지면 됩니다. 제가 그렇게 했듯 세희 씨도 하면 됩니다."

현중은 세희를 바라보면서 깊은 설득도 하지 않았다. 단지 몇 마디 말만 했을 뿐이다. 하지만 세희는 제 발로 걸어서 보컬 부스로 들어가 마이크 앞에 섰다.

그리고 시작된 보컬 트레이닝은 더 이상 트레이닝이 아니었다.

"…어떻게……."

"너무해."

소희와 미희는 세희를 보면서 눈물까지 글썽이고 있었다. 하지만 세희는 오로지 현중과 마주 보면서 계속 신호에 맞춰서 목이 터져라 노래를 불렀다.

1시간.

2시간.

시간이 흐를수록 세희의 목소리는 점점 잦아들었지만 조금이라도 음이 처지거나 내려가면 현중의 따끔한 질책이 이어졌다. 그때마다 노래가 중단되었다가 다시 처음부터 시작하는 것이 이건 이미 트레이닝이 아니라 고문이었다.

그리고 세 시간째 들어서자 결국 세희의 목이 잠기는 듯하더니,

쿨럭!

작은 기침 소리와 함께 결국 목소리를 전혀 낼 수 없는 상황에 이르렀다. 그동안 화를 꾹꾹 눌러가며 현중을 보기만 하던 소희가 벌떡 일어서더니,

"이봐요! 가수는 목이 생명인 거 몰라요? 이건 너무하잖아요!!"

당찬 소희의 말에 현중은 그냥 한 번 뒤돌아볼 뿐 별 말이 없었다. 그는 자신 앞에 놓여 있는 투명하게 푸른 액체가 담긴 병을 들어 소주 잔 정도 크기의 잔에 가득 덜었다. 그것을 부스로 들어가 목소리를 내려고 애쓰는 세희에게 내밀었다.

“마셔요.”

“……?”

목소리가 전혀 나오지 않으니 표정으로 뭐냐고 묻는 듯했지만 현중은 그렇게 말하고 다시 나가 전자 키보드 앞에 앉았다. 결국 세희는 잠시 소주 잔 정도 크기의 액체를 바라보다가 그대로 입안에 털어 넣었다.

‘하, 이럴 수가…….’

입안에 넣는 순간 청량한 감칠맛이 마치 회오리치듯 혀를 휘감아 돌았다. 그 느낌에 감탄할 때 이미 액체는 쓰리고 아픈 목을 감싸듯 쓸고 내려가더니 어느샌가 사라져 버렸다.

현중이 준 액체는 포션이었다. 포션의 청량함이 목을 타고 내려가면서 부어 있던 성대를 본래의 모습으로 되돌렸다. 거기다 지쳐 가던 몸에 활력까지 불어넣어 주었다. 세희는 포션의 정체가 무엇인지 몰라 자신의 몸에서 느껴지는 그 변화가 신기하기만 했다.

“…….”

“계속하죠.”

“하지만… 엇! 목소리가…….”

세희는 순간 자신도 모르게 자연스럽게 한마디 했다가 스스로가 놀랐다. 목은 전혀 아프지도 않고 오히려 처음 노래 부르기 전보다 더 상쾌했다.

그리고 다시 부르기 시작했는데 놀랍게도,

'목소리가 올라가.'

처음보다 자연스럽게 목소리가 올라가기 시작하더니 호흡을 굳이 조절하지 않아도 원곡의 키 그대로 충분히 부르고도 여유가 생길 정도였다.

그리고 또다시 시작된 끝없는 노래 부르기의 연속에 결국 미희와 소희는 질려서 녹음실을 나가 버렸다.

하지만 그러고도 몇 번이나 포션을 마셔야 했던 세희는 밤을 새도록 녹음실에서 현중, 시리와 함께 나올 줄을 몰랐다.

딸각.

전날 오후에 들어갔던 현중이 녹음실 문을 열고 나온 것은 다음날 오전이었다.

밤을 새워서 초췌한 모습일 거라고 예상했던 사람들의 예상과 달리 현중은 방금 자고 일어난 사람처럼 개운하고 상쾌한 얼굴 표정으로 나왔다. 시리도 여전히 섹시한 미모를 뽐내면서 함께였다.

그리고 마지막으로 나온 세희는 웃는 얼굴로,

"왜 그래?"

"언니, 밤새도록 노래한 거 맞아요?"

마침 사무실로 들어오던 소희와 딱 마주쳤다. 밤을 새웠다는 이야기를 듣고 걱정스러운 마음에 달려온 소희의 예상을 깨뜨리는 세희의 모습에 당황해서 물어보자 세희는 오히려 웃었다.

"응."

"……."

녹음실이 아무래도 오래된 상태에다 연습용이다 보니 고음을 내면 사무실에서도 희미하지만 노랫소리가 들렸다. 소속사 간판 가수가 사무실 지하에서 보컬 트레이닝을 하는데 매니저가 퇴근할 리가 없다. 당연히 팅클 담당 매니저와 사장인 김대칠도 결국 사무실에서 날밤을 새워야 했다. 그나마 새벽에 쪽잠이라도 잤던 김대칠과 매니저는 까치머리에 다크서클이 선명한데 반대로 현중과 시리, 세희는 너무나도 말끔한 얼굴로 나타났다.

그렇게 세희의 보컬 트레이닝은 시간으로는 열여섯 시간, 날짜로는 겨우 하루 정도 만에 끝이 나버렸는데 그 후폭풍은 상상을 초월했다.

"도대체 너… 가창력이 어떻게 이렇게까지……."

김대칠은 다음날 세희를 푹 쉬게 한 뒤 녹음실에서 그녀의 목소리를 듣고는 자신의 귀를 의심했다. 처음 세희를 뽑았을 때도 가창력이 마음에 들어서였다. 팅클 노래의 고음 부분 담당이 바로 그녀였다. 그러다 2집 앨범 녹화 중 사고로 인해 성대를 다쳐서 결국 그 후로 노래를 고르는 폭이 좁아져 버린 것이다.

끝까지 무슨 사고로 인해 성대를 다쳤는지 세희가 입을 열지 않아서 결국 그냥 묻혀 버린 일이지만 그때 가수를 제대로 관리 못한 것을 한탄하면서 김대칠은 너무나도 안타까웠다.

그런데 현중과 하룻밤을 새우고 나서 나타난 세희의 목소리는 완전 달라져 있었다.

그렇게 좋아하던 머라이어 캐리의 노래를 마음껏 부르면서도 전혀 힘들어하거나 어려워하기는커녕 웃는 여유까지 보이자 김대칠의 입가에도 미소가 피어나기 시작했다.

"할 수 있다. 이번 앨범!"

세희의 가창력이 돌아온 것도 모자라 처음보다 더욱 좋아진 것을 보자 김대칠은 자신의 목표를 이룰 수 있을지도 모른다는 생각이 든 것이다.

"댄스 가수로서 앨범 전곡 순위권 진입이라……. 잘하면 가능할지도."

아직까지 그 어떤 가수도 앨범 전곡을 순위권에 올려놓은 가수는 없었다.

특히나 댄스 가수는 대표곡을 순위권에 올리는 것도 막대한 마케팅이 필요한 상황에 김대칠은 거기에 한술 더 떠서 이번 앨범의 전곡을 순위권에 올리겠다는 욕심을 부리기 시작했다.

“기회는 잡는 사람의 것이고 꿈은 크게 가질수록 좋은 거니까 말야. 후후훗.”

생각 이상으로 좋아진 세희 목소리에 김대칠은 자신만의 느낌이 번뜩 뇌리를 스치자 왠지 이번이 기회일지도 모른다는 생각이 들었다. 그는 이번 팅클 앨범에 모든 걸 쏟아붓기 시작했다.

거기다 김대칠은 우연히 태성의 편곡 능력도 알게 되어 이번 앨범에서 현중이 준 두 곡을 제외하고는 모두 태성에게 마지막 편곡을 맡겨 버리는 것도 서슴지 않았다. 그 결단에 사무실 전체에서 김대칠이 이상하다는 소문까지 들릴 정도였다. 아무리 앨범 비용을 현중이 준다고 하지만 세희의 목소리를 듣더니 마치 귀신에 홀린 듯 과감하게 투자를 하기 시작한 것이다.

물론 현중은 이런 기획사의 변화에 전혀 관심도 없었다.

현중에게 중요한 것은 그녀가 가수로 성공하여 복수를 하는 것, 그것뿐이었다.

Chapter 08
미래를 보는 소녀

“음.”

현중은 오늘도 평범하게 등교하여 수업을 마쳤다. 곧 있을 시험에 대비하여 도서관에 갈까 고민을 하던 현중 앞에 숏커트의 금발과 푸른 눈동자의 소녀가 나타났다. 그를 보며 천천히 다가오는 행동에 현중도 순간 걸음을 멈췄다.

“……?”

생전 처음 보는 소녀의 등장에 현중이 고개를 갸웃거렸다. 혹시나 다른 사람을 찾아 왔나 하는 생각이 들어 주변을 둘러보니 가장 마지막으로 강의실을 나온 현중이기에 더 이상 주위에 아무도 없었다.

"안녕."

그리 빠른 걸음은 아니지만 현중 바로 코앞까지 다가온 외국인 소녀가 걸음을 멈추었다. 바람결에 살짝 실려 느껴지는 상큼한 라임 향기에 현중은 순간 아련한 기억 속의 누군가가 떠올랐다.

'벤젤. 그래, 그 녀석을 닮았어.'

생긴 것도 다르고 모든 것이 달랐지만 눈동자에서 느껴지는 순수함과 함께 상큼한 라임의 향기가 대륙에서 자신이 처음으로 직계제자로 들였던 벤젤이 생각난 것이다.

"누구지?"

무뚝뚝한 표정으로 작은 키의 소녀를 바라보자,

"치, 소문대로네?"

"나를 아나?"

"사진으로 봤어."

"사진?"

소녀가 투명한 푸른 눈동자로 현중을 바라보았다. 그런데 이런 소녀의 시선이 현중은 이상하게 기분이 나쁘거나 싫다는 생각이 들지 않았다.

'설마… 내가 로리 취향은… 아니겠지.'

한순간 위험한 생각을 잠시 했던 현중은 곧 쓸데없는 잡념을 뇌리에서 날려 버렸다. 키를 맞추기 위해 무릎을 살짝 꿇어 정면으로 소녀를 다시 보자 확실히 크면 미인이 될 것 같은 얼굴이다. 지금 현중이 보기에는 완전 젖먹이에 지나지 않았지만 말이다.

"잘생겼네, 실제로 보니."

이제 웬만한 언어는 아예 한국어처럼 들리는 현중은 자신이 지금 소녀와 영어로 이야기하고 있었다는 것을 잠시 잊고 있었다. 거기다 억양이 영국 쪽은 아니었다.

"미국에서 왔구나."

대충 짐작으로 현중이 말하자 소녀는 씨익 웃으면서,

"맞아. 미국에서 왔어. 그보다 용케 아네?"

"억양이 다르니까. 어디 보자. 뉴욕?"

"땡! 워싱턴입니다."

천진하게 장난치듯 현중의 말을 받아주는 모습을 보니 제법 귀엽긴 했다.

"그럼 누군지? 이제 말해줘도 될 것 같은데?"

"레이스. 레이스 베이스퍼."

"베이스퍼?"

그제야 현중은 왜 처음 보는 외국인 소녀가 자신을 알아봤는지 이해가 되었다. 얼마 전 만난 미국의 마스터, 현중과의 연으로 마이스터가 된 베이스퍼와 가족인 것이다. 성을 베이스퍼로 사용하는 것을 보니 직계일 것이다.

"그럼 베이스퍼는 어디에 있지?"

현중이 살짝 주위를 둘러봐도 느껴지는 것도 없고 레이스 외에는 다른 외국인도 없었다.

"나 혼자 왔어. 현중이 궁금해서."

"내가?"

"응, 진짜 궁금했어. 할아버지가 그렇게 누굴 칭찬하는 걸 본 적이 없거든."

"그래, 할아버지구나."

외국인은 성장이 빠른 편이라고 들었다. 실제로 대륙에서도 열다섯 살만 되면 가정을 꾸리는 것이 기본 풍습일 정도였다. 겉모습만 봐서는 나이를 가늠하기 힘든 게 바로 성장기 외국인이다. 특히 미국과 유럽 쪽은 하루가 다르게 큰다는 말이 정말 실감 나는 곳이다.

"레이스는 나이가 몇 살이지?"

"열두 살."

나이를 들은 현중은 레이스의 단발머리를 잠시 손으로 헝클어뜨리면서,

"이제 나를 봤으니 돌아가야지? 내가 연락해 줄게."

이제 열두 살짜리가 혼자 아무도 모르는 곳에 왔다는 것을 베이스퍼가 알 리가 없다. 아마 십중팔구 몰래 나왔을 것이

분명했다. 그래서 마리아에게 연락하려고 휴대폰을 꺼내는
데 고사리 같은 작은 손이 현중의 휴대폰 위로 올라오더니,

"아직은 괜찮아. 그보다 현중."

"응?"

그냥 이름을 부르는 레이스의 말투가 약간 어색했지만 그
냥 그러려니 했다. 외국인에다 굳이 노인네처럼 높임말을 듣
고 싶은 맘도 없었으니까 말이다.

"조금 있으면 무서운 남자들이 현중을 찾아올 거야. 대충
이십 명 정도인데 혹시 누구한테 원한 산 적 있어?"

"원한? 그런 말도 알아?"

열두 살을 한없이 어리게 생각하는 현중이었다.

"치, 이래도 나 알 거 다 알아. 애기가 어떻게 생기는지도
아는데."

"뭐? 홋, 하하하하! 그래."

입술까지 쭈욱 내밀면서 토라진 척을 하는 레이스의 모습
에 현중은 그냥 웃어버렸다. 그런데 갑자기 레이스가 현중의
손을 꼭 잡더니,

"근데… 현중."

"응?"

"…이제 그만 죽였으면 해."

"……!!"

순간 현중의 온몸을 쓸고 지나가는 전율이 레이스가 잡고 있는 손을 통해 빠르게 지나갔다.

"화난 거야? 내가 쓸데없는 말 해서?"

"아, 그건 아닌데, 내가 누굴 죽인다는 건 어떻게 알았어?"

대륙에서도 그렇고 지구에 와서도 심심치 않게 사람을 죽이고 다녔다. 물론 적으로 판단된 녀석들에 한해서지만 아마 전과로 친다면 연쇄살인마는 저리 가라 할 정도일 것이다.

"보이니까."

그 순간 현중도 눈치를 챘다.

레이스 베이스퍼가 어떤 아이인지를.

"그렇구나. 보이는구나."

그리고 왜 레이스에게서 대륙에서 처음으로 받았던 직계 제자인 벤젤이 생각났는지 알게 된 것이다. 같은 운명을 지닌 레이스와 벤젤이었기에 그렇게 친근감이 들고 거부감이 들지 않았던 것이다.

"누군가 생각하는구나?"

레이스는 현중을 향해 거침없이 자신이 보이는 것을 이야기했다. 그 모습에 현중은 그냥 웃었다.

"응. 옛날에 내가 알던 사람도 레이스처럼 누구도 보지 못하는 것을 보는 능력을 가지고 있었거든. 먼 미래까지도 말야."

"와~ 정말?"

현중이 정확하게 자신의 능력을 안다고 생각하자 레이스의 얼굴이 활짝 펴지면서 웃었다. 지금까지 레이스의 능력을 알고 사람들의 반응은 오직 하나였다.

괴물.

레이스가 처음 능력을 보인 것은 일곱 살 때였다.

우연히 지나가는 중학생 정도의 소년에게 무심코 조금 있다가 트럭에 치여서 죽을 테니 조심하라고 했던 것이다.

그리고 그 소년은 정말 레이스의 말대로 트럭에 치여 죽었다. 처음에는 우연이라고 그냥 넘겼던 레이스의 부모도 그 후로 계속해서 레이스가 하는 말이 100% 들어맞자 점차 무서워지기 시작한 것이다.

평범한 자신들이 감당하기에는 레이스의 능력이 너무나도 무서웠다.

그리고 때마침 손녀가 보고 싶어 찾아왔던 베이스퍼에게 레이스를 맡기게 된 것이다.

그렇게 레이스가 부모와 떨어진 것이 여덟 살이었다.

한참 부모의 사랑을 받고 자라야 할 레이스는 마스터인 베이스퍼의 보호를 받으며 순수하게 자랐다.

하지만 그것도 베이스퍼뿐이었다.

레이스 주변에는 탐욕스런 자들이 레이스에게 미래를 알

고 싶어서 찾아오거나 레이스를 노리기 일쑤였다. 물론 레이스도 그걸 알고 있었다. 미래를 보는데 모를 리가 없다. 결국 유일한 보호인인 베이스퍼 곁에서만 머물게 되어 교육을 원활히 받지 못해 지금 현중을 대하는 말투처럼 되어버린 것이다.

베이스퍼의 위치가 미국 정부에서도 레이스에 대한 손을 거둘 정도로 막강한 위치에 있다 보니 안전하긴 했다.

하지만 그건 베이스퍼의 곁에 있을 때나 안전하지, 지금처럼 홀로 밖으로 나오면 납치할 목표 순위 1위일 것이다.

미래를 보고 예지를 하는 능력을 가진 소녀를 세상에서 가만 놔둘 리가 없다.

공식적으로 미국에서 인정을 했으니 더더욱 레이스의 가치는 높았다.

"그래. 하지만 혼자 나오면 베이스퍼가 혼낼 거야. 얼른 돌아가자."

"치! 뭐 그래도 계속 볼 테니까. 헤헤헤."

천진하게 웃으면서도 거침없이 자신이 보이는 것을 말하는 모습에 현중도 씨익 웃으면서 머리를 그냥 쓰다듬을 뿐이다.

할 수 없이 시험공부는 뒤로 미루고 레이스를 마리아가 있는 곳으로 데려다 주기 위해서 맥라렌으로 걸어가는 도중, 레이스가 현중의 손을 꽈악 잡으면서 걸음을 멈췄다.

"저기 아까 내가 말한 사람들이 있어."

지금은 사용하지 않는 낡고 작은 창고를 가리키면서 말하자 현중도 곧장 기감 영역을 펼쳤다. 역시나 레이스 말대로 스무 명의 건장한 남자가 현중을 향해 미약하게나마 살기를 흘리고 있었다.

"현중, 죽이지 마."

"훗."

레이스를 바라보던 현중은 한순간 벤젤과 겹쳐 보이는 레이스의 모습에 잠시 웃고는 조용히 테른을 불렀다.

"테른."

―네, 마스터.

레이스는 갑자기 뒤에 나타난 테른을 이미 알고 있었는지 보고는 놀라지도 않았다. 눈으로 웃으면서 고개를 끄덕였다.

"나 재우려고?"

"응. 보면 좋을 게 없으니까."

미래를 안다는 것이 어떤 것인지 현중은 모른다. 아니, 알고 싶지 않았다.

아직 성숙하지 못한 어린애에게 그런 능력은 오히려 죄악이자 족쇄에 불과할 뿐이다. 그리고 어린아이의 가장 중요한 호기심이 없어져 버리는 결과를 초래한다는 것을 잘 알고 있기에 지금 레이스의 능력은 현중이 보기에 그저 보통 사람들이 말하는 장애에 불과했다.

팔을 잘 쓰지 못하는 장애, 걷지 못하는 장애, 말을 하지 못하는 장애 등등 수많은 장애 중 하나일 뿐이다. 미래를 알기에 호기심조차 없어진 장애를 가진 어린애일 뿐이다.

"그럼 재워."

거침없이 대답하는 모습에 현중은 레이스를 테른에게 맡겼다.

―슬립.

풀썩.

테른의 마법이 실행되자마자 곧바로 깊은 잠에 빠져든 레이스였다.

부드럽게 레이스를 안아 든 테른도 레이스를 보더니 뭔가 아는 눈치였다.

―운명을 보는 눈을 가진 인간이군요.

"그래. 벤젤과 같은 능력이지."

테른도 벤젤의 이야기를 듣자 입을 다물어 버렸다.

현중이 가장 이야기하기 싫어하는 단어 중 하나가 바로 벤젤이기도 하다는 것을 누구보다 잘 알고 있기 때문이다

하지만 그런 상념에 빠져서 시간을 허비할 현중이 아니었다.

"나를 찾아온 손님이라면 웃으면서 맞아줘야겠지?"

씨익~

현중의 미소가 입가에 그려지는 순간 현중의 몸에 흐르는 기도가 변했다.

잔잔하니 바람 하나 없는 수면과 같은 상태에서 한순간에 파도가 일렁이는 바다와 같은 기도로 변한 현중의 걸음걸이 하나하나가 무겁게 주변을 내리누른다. 뒤에서 그런 현중을 바라보던 테른은 고개를 흔들면서,

―마스터의 나쁜 버릇이 나왔군.

벤젤과 관련된 일에는 현중은 쉽게 흥분하는 버릇이 있다. 그 버릇이 설마 지구에서 나타날 줄은 테른도 몰랐다. 자신의 품에서 잠든 레이스를 바라보며 테른은 어쩌면 정말 운명의 끈이란 것이 아직 벤젤과 현중을 추억으로 엮고 있는 건지도 모르겠다고 생각했다.

드르륵.

느닷없이 창고의 커다란 미닫이문이 열렸다. 안에서 담배를 피우면서 잠시 앉아 있던 열 명과 쇠파이프와 야구 방망이를 들고 현중이 오기를 기다리고 있던 나머지 열 명의 눈동자가 동시에 열린 문으로 향했다.

"크크큭, 미친놈이군. 스스로 와주다니 말야."

창고 구석에 매트리스를 의자 높이만큼 겹쳐서 여유있게

앉아 있던 깍두기 하나가 현중의 등장에 가소로운 듯 웃었다. 다른 깍두기들도 기가 막혀하면서도 그래도 배짱 하나만큼은 괜찮다고 생각했다.

그들은 어떻게 자신들이 이곳에서 기다리고 있는지 알고 현중이 찾아왔는지에 대해서 전혀 의구심을 가지지 않았다. 그것이 실수였다.

그저 제 발로 찾아와 준 것에 수고를 덜었다는 것이 기분 좋을 뿐이다.

드르륵.

조용히 다시 창고 문이 닫혔다. 현중이 문을 열면서 피어오른 묵은 먼지가 잠시 창고 안을 어지럽게 날아다녔다. 창문으로 비치는 햇살에 먼지가 보였다.

"누가 보냈지?"

현중이 오히려 녀석들이 모여 있는 곳으로 천천히 걸어 들어가면서 물었다. 이미 기다리고 있던 열 명이 재빨리 현중을 둘러싸고는 혹시나 도망갈지도 모를 가능성마저도 완전히 차단했다.

그런데 현중은 애초에 도망갈 생각이 없는 듯 자신을 둘러싸고 있는 깍두기들을 빤히 하나하나 눈동자를 바라보더니,

"양아치 새끼들이었군."

"뭐야!! 이 새끼가!! 뚫린 주둥아리라고 함부로 지껄여!!"

현중의 정면에서 쇠파이프를 들고 있던 녀석이 온갖 인상을 쓰면서 현중에게 거칠게 쏘아 붙였다. 하지만 오히려 현중은 그런 녀석들은 처음부터 관심이 없었다.

"머리가 누구지?"

"이 새끼가 정말!!"

살기등등하게 둘러싸고 있는 자신들을 완전 무시한 현중의 태도에 결국 정면에서 이를 갈던 녀석이 쇠파이프를 들고 현중 앞으로 걸어가더니,

"어린 새끼가 세상물정을 너무 모르고 있구만. 너 같은……."

퍼걱!

와장창!!

한순간 창고 안에 정적이 흘렀다.

"찍새야!!"

현중에게 가장 먼저 다가가 의기양양하게 한소리 하려던 찍새는 현중의 라이트 훅 한 방에 창고 구석 폐기물 사이에 처박힌 채 조용히 찌그러졌다.

그리고 현중은 아무렇지도 않은 듯 웃으면서,

"머리는 누구지?"

"……."

찍새의 몸무게는 무려 100kg이었다. 그런데 그런 찍새가

무려 5m가 넘는 거리를 라이트 훅 한 방에 날아가 처박혔다.
죽었는지 살았는지 꿈쩍도 하지 않는 모습을 본 깍두기들은
한순간에 전세가 역전되는 건 당연한 순서였고, 거기다 현중
의 여유있는 웃음이 오히려 녀석들에게는 무섭게 보이기까지
했다.

"머리가 없는 집단인가?"

이미 누가 이 집단의 머리인지 알고 있는 현중은 매트리스
위에 앉아 있는 녀석을 바라보면서 멈췄던 걸음을 옮겼다.

"으!!"

우르르.

현중이 한 걸음 움직이자 현중을 둘러싸고 있는 아홉 명이
동시에 뒤로 물러나는 웃지 못할 광경이 펼쳐졌는데, 이건 시
작에 불과했다.

현중이 점점 더 녀석들의 중심으로 걸어가는데도 그 누구
하나 현중을 제지하지 못했다. 오히려 현중에게 질려서 우
두머리로 보이는 녀석 주변에 뭉치기 시작하는데, 마치 야
생에서 거대한 사자를 눈앞에 둔 얼룩말 무리를 연상시켰
다.

"후후훗. 조폭의 껍데기만 흉내 내는 양아치들이 뭉치면
뭐가 달라지나?"

"이 새끼가!! 죽으려고!!"

“확!! 주둥이를 찢어벌라!!”

뭉쳐서 소리치지만 정작 그 누구도 현중 앞으로 나서는 이가 없었다.

이게 바로 양아치와 조폭의 차이이기도 했다.

조폭은 그래도 자신의 신념과 최소한의 룰이 있다. 그리고 조폭의 길로 들어선 이상 몸이 다치는 것을 겁내지 않는 녀석들이 많은 편이다. 단, 죽는 건 별개의 문제지만 그래도 지금 현중을 습격하려고 청부 폭력을 받은 양아치들보다는 한 수 위가 분명했다.

“후후훗. 겨우 한 놈 죽은 걸로 겁에 질렸나?”

“이 새끼가!!”

“죽고 싶구나!!”

현중에게 밀려 뒤로 도망가면서도 입은 살아 쌍욕을 해대는 모습이 현중은 가소롭다 못해 역겹기까지 했다.

떼로 몰려서 돈을 받고 폭력을 휘두르는 녀석들이 겨우 자신이 다치는 것에 겁먹어서 뭉쳐서 발악하는 모습은 현중의 눈으로 보기에는 인간 그 이하의 모습이었다.

“벌레 같은 놈들.”

단 한마디만 남기고 현중의 입가에서 미소가 사라진 순간,

스윽.

현중은 창고 안에서 사라져 버렸다.

“헛!”

“뭐야!!”

“이 새끼, 어디 있어!!”

열아홉 명의 눈동자가 사방을 뒤졌지만 이미 사라진 현중
은 찾을 길이 없었다. 그런데 모두가 사방으로 사라진 현중을
찾으려고 난리치던 중,

“나는 뒤에 있다.”

“헛!!”

“쌍칼 형!!”

급히 뒤에서 들리는 목소리에 양아치들이 뒤돌아 보았다.
현중은 매트리스 위에 있었다. 이들의 머리였던 쌍칼의 목을
한 손에 틀어쥐고 입가에 미소를 지은 채.

“남을 때릴 때는 자신도 맞을 각오를 하고, 남을 죽일 때는
자신도 죽을 각오를 해야 한다. 그게 자연의 법칙이지. 하지
만 말이야.”

현중은 목이 잡히는 순간 사지가 뻣뻣하게 굳어버린 쌍칼
의 눈을 보면서 마치 더러운 바퀴벌레를 본 듯 미간을 살짝
찡그렸다.

“넌 그 어떤 각오도 가지고 있지 않아.”

콰직!!

“쿨럭… 컥컥!!”

더는 꼴 보기 싫은 쌍칼을 들고 있기가 귀찮았는지 그대로 반쯤 부서진 뜀틀 위에 내리찍었다. 놈의 허리가 뒤로 'ㄱ' 자로 꺾이더니 피를 토하면서 그대로 혀를 빼 물고 죽어버렸다.

그런데 쌍칼이 죽으면서 고개가 스르륵 움직이더니 절묘하게 남아 있는 열여덟 명의 양아치들과 정확하게 시선이 마주쳤다.

"······!"

"주, 주, 죽었어."

"···미친··· 놈이다."

그들은 그저 용돈 준다는 쌍칼의 꼬임에 모인, 동네에서 좀 논다는 어중이떠중이들이었다. 자신들이 형님으로 모시는 쌍칼이 너무나 허무하게 죽어버리고, 거기다 죽은 쌍칼과 눈이 마주치자 양아치들의 머릿속이 하얗게 변하기 시작했다.

그런 녀석들을 바라보는 현중은 역시나 이럴 줄 알았다는 듯,

"대륙의 하류 잡배들도 자신들이 싸울 때는 목숨을 거는데··· 지구는 그게 아니군."

더 이상 이런 녀석들을 상대하기조차 싫어진 현중은 매트리스에서 살짝 뛰어 땅으로 내려섰다.

“으!! 으으으!!”

마치 사자가 토끼우리에 들어온 것처럼 사방으로 퍼지는 양아치 무리는 이미 전의고 뭐고 없고, 그들 눈에 현중은 미친놈이었다.

사방으로 퍼진 녀석들은 창고 밖으로 나가기 위해서 뿔뿔이 흩어지기 시작했지만 이미 테른이 가만히 있을 리가 없었다.

창고의 모든 창문과 문, 아주 작은 개구멍까지 모조리 도어록을 걸었기에 양아치들의 탈출은 성공하지 못했다.

“으으!! 저리 가!! 저리 가!!”

녀석들은 현중이 근처에 오기만 해도 발작을 일으키듯 소리쳤다. 현중은 아예 관심도 없는 듯 창고 문 앞으로 다가가 조용히 열고 나가 버렸다.

“……”

“……”

설마 그냥 나갈 줄은 아무도 예상하지 못했기에 바둥거리면서 사방으로 흩어졌던 녀석들은 서로 얼굴을 보면서 잠깐 동안 적막이 흘렀다.

그리고 창고 문에서 가장 가까이 있던 녀석이 슬그머니 일어서더니 냅다 달려들어 힘껏 문을 열었다.

드르르륵!

요란하게 창고의 미닫이문 바닥에 설치된 도르래가 소리 내면서 문이 열렸고, 밖으로 뛰어나가려던 녀석은 그대로 몸이 굳은 듯 멈춰 섰다.

—어딜 가려고 그러시나?

창고 문 앞에서 기다리고 있던 테른이 튀어나온 녀석의 얼굴을 한 손에 움켜쥐었다. 그대로 창고 안으로 들어가더니 천천히 창고 문을 닫았다.

그리고 그 후로 녀석들을 본 사람은 아무도 없었다.

테른이 녀석들의 뒤처리를 하는 동안 현중은 맥라렌 뒷좌석에 레이스를 앉혀놓고는 안전벨트를 우선 간단하게 매어주려다가 난감한 상황에 처했다.

"이런, 성인용 안전벨트군."

성인의 크기에 맞게 나온 듯 안전벨트를 해주니 레이스의 목이 졸리는 어중간한 모습이 되어버렸다. 결국 차로 데려다주는 것은 포기하고 휴대폰을 꺼내 들었다.

"마리아, 저 현중입니다."

[현중 씨, 어쩐 일이세요?]

"혹시 집을 나온 금발에 단발머리를 한 열두 살짜리 꼬마 숙녀를 찾고 있지 않나 해서요."

[어멋! 현중 씨가 그걸 어떻게 알아요? 지금 스승님의 손녀

인 레이스 양이 사라져서 찾는 중이에요. 혹시 보셨나요?]

현중의 디테일하면서도 자세한 묘사를 듣던 마리아는 순간 놀라서 현중에게 급히 되물었다.

"마리아가 말한 레이스 양이 지금 바로 제 차에서 자고 있거든요."

[정말요? 아, 하나님, 감사드려요. 어디세요? 제가 바로 갈게요.]

"학교에요. 혹시 오토바이 타고 올 생각은 아니시겠죠?"

그냥 노파심에 장난스럽게 말하자 마리아도 레이스를 찾았다는 안도감 때문인지 그냥 웃어넘기면서,

[후후훗, 설마요. 아무튼 지금 바로 현중 씨 학교로 갈게요.]

"그럼 기다리죠."

그냥 데려다주는 것보다는 확실히 이게 안전할지도 모른다는 생각에 현중은 그대로 차에 앉은 채 조용히 마리아가 오기를 기다렸다.

그런데 현중의 맥라렌 F1이 워낙에 유명하다 보니 시도 때도 없이 구경하러 오는 사람이 많았고, 사진 찍는 사람도 제법 많았다. 국내 한 대뿐이라는 희귀성이 아무래도 사람들을 불러 모으는 것 같았다.

사진 찍는 것까지는 뭐라고 할 생각이 없어서 내버려 두었

는데, 오히려 그런 현중의 생각 때문인지 현중과 레이스가 한 차에 앉아 있는 모습을 사진으로 찍어간 학생들이 되돌아가 소문을 퍼뜨리기 시작했다.

처음에는 그냥 현중의 차에 귀여운 외국인 소녀가 있다는 것이었는데 그게 사람의 입을 통하면서 퍼지다 보니 전혀 예상치 못한 쪽으로 이상한 소문이 돌기 시작했다.

"현중 선배, 로리콘이래."

"헉! 정말?"

"이거 봐. 내가 사진도 찍은 거."

남학생은 현중의 맥라렌을 찍은 사진을 몇 장 넘겨서 보여 주다가 줌으로 현중과 레이스의 얼굴이 찍힌 사진에서 멈췄다. 순식간에 현중은 로리콘이라는 것이 거의 기정사실화되어 가고 있었다.

방만한 생각으로 대처한 것도 워낙에 이슈가 되는 현중이기에 소문이 꼬리에 꼬리를 물고 변질되는 것은 애초에 예상이 가능했을지도 몰랐다.

현중이 그저 무심했을 뿐이다.

한편 학교에서 무슨 소문이 퍼지든 말든 전혀 관심도 없는 현중은 차 안에 앉아서 느긋하게 학교 전경을 바라보고 있는데 문득 이런 시간이 너무나 오랜만이라는 생각이 들었다.

"지구로 돌아온 지 벌써 몇 개월이 지났는데 이렇게 여유 있게 앉아서 하늘 한번 볼 시간이 없었다니, 나도 참… 웃긴 놈이군."

스스로 문득 바쁘게 지내왔다는 생각이 들자 이상하다는 생각이 들었다. 특별하게 많이 바쁘다거나 그런 건 없었다. 지구로 처음 왔을 때 강원도 산속에서 하늘을 한번 보고 그 뒤로 하늘을 본 게 지금이라는 것을 깨닫는 순간, 묘하게 현중의 내부에서 무언가 꿈틀거리기 시작했다.

'뭐지?

지금까지 7단계를 완성하고 나서 현중의 치우천황무의 내공을 제어하지 못한 적이 없었다. 그런데 지금 불현듯 자신의 내부에서 내공이 꿈틀거리기 시작한 것이다. 처음에는 그냥 아주 미세한 파동에 불과했지만 시간이 지날수록 점점 더 강해졌다. 단전에서 시작한 미약한 파동은 어느새 현중의 온몸을 잠식해 버렸다.

'무슨 일이지, 이건?

지금까지 현중도 내공이 이렇게 파도치듯 움직인 적이 없기에 살짝 당황하기 시작했다. 치우천황무는 자신이 생각했을 때 그 어떤 무공의 내공심법보다 안정적이었다.

아니, 정확하게 말하자면 너무나 단순한 내공심법이기에 안정적이라고 말할 수 있는 것이다. 복잡하게 혈맥을 타고 단전에서 내공을 돌리고 그런 것이 아니라 아예 현중의 몸 자체를 하나의 단전으로 만들어 버리기에 일주천 같은 것도 필요가 없는, 정말 어떻게 보면 완벽한 내공심법이 치우천황무였다.

그런데 그 내공이 지금 현중의 통제를 벗어나서 계속 파동을 일으켰다. 현중의 온몸 구석구석까지 파동의 여파가 미치기 시작했다.

'설마……'

불현듯 7단계를 완성하고 세 번의 환골탈태를 했을 때 더이상 인간의 몸으로 환골탈태는 불가능하다는 카일라제의 말이 떠올랐다. 하지만 지금 현중의 이 느낌은 처음에는 생소해서 당황했으나 조금씩 내공이 규칙적으로 움직이는 것을 보니 뭔가 느낌이 왔다.

'네 번째 환골탈태가 이뤄지는 건가? 그것도 지구에서?'

지금의 현상이 깨달음의 벽을 깨뜨렸을 때 다가오던 느낌과 너무나 흡사한 것이라 그렇게 생각하는 순간 현중은 눈을 감아버렸다.

어차피 깨달음이란 불현듯 찾아오는 법. 그것을 잡느냐 놓치느냐는 오로지 현중의 운이었다. 그리고 굳이 잡아야 한다는 필요성도 느끼지 못할 만큼 강해져 있는 현중에게 다시 찾아온 깨달음은 과연 무슨 의미가 있을까 하는 의문도 들었다.

웅~

현중의 몸 안을 잠식하던 내공의 파동은 머리끝부터 발끝까지 모조리 집어삼킨 후 거짓말처럼 다시 잠잠해지기 시작했다.

'깨달음이 아닌가?

하긴 현재 현중은 스스로도 벽을 느낀 적이 없었다. 지금까지 환골탈태를 할 때는 모두 벽을 느끼고 나서야 깨뜨렸던 것이다. 그런데 지금은 그냥 차에 앉아서 하늘을 보고 있는데 이런 상황이 되자 우습기도 하고 한편으로는 당황스럽기도 했다.

만약에 이게 정말 깨달음이라면 지금보다 현중은 최소 두 배는 더 강해질 것이 분명했는데 더 이상 강해져서 뭘 어쩌란 말인가?

강해져 봐야 쓸데없는 힘일 뿐이다.

쾅!! 콰콰콰쾅!!

힘을 더 이상 가져봐야 의미가 없다고 생각하는 순간 잠잠하던 현중의 몸 안에서 엄청난 진동과 함께 폭발이 일어났다. 현중은 눈을 감은 그대로 무아지경에 빠져들었다.

내공이 태풍처럼 현중의 몸을 휘젓고 다니고 주위의 마나를 뒤흔들었다. 순식간에 N대학 쪽의 마나 흐름이 역류할 만큼 엄청난 마나의 파동이 현중의 몸에서 퍼져 나가더니 동시에 현중에게 스며들었다.

"……."

정말 짧은 순간에 순리대로 흐르는 마나를 역류시켰던 현중이 눈을 뜨자 주위에는 변한 게 없었다. 나뭇잎 하나도 그대로인 상태였지만 눈을 뜬 현중은 지금 자신의 눈앞에 보이는 것에 놀라서 할 말을 잃어버렸다.

"…마나가… 보여……."

현중의 눈앞에 하나의 선으로 이어진 마나가 선명하게 보였다. 계곡을 따라 흐르는 강물처럼 하늘 위에서부터 땅 밑까지 모두 연결되어 마치 지구가 살아 있는 것처럼 느껴졌다.

지금 자신이 보는 것을 믿을 수 없는 듯 현중은 손가락을 들어 바로 눈앞에 흐르는 마나의 띠를 살짝 건드리자,

찡~

귀에는 들리지 않지만 현중의 몸 안의 마나와 공명을 일으킨 지구의 마나가 청명한 소리를 냈다. 그러면서 살짝 비틀어졌다가 다시 제자리로 돌아와 흐르기 시작했다.

"하, 하하하하, 하하하하! 크크큭, 크크큭."

마나의 주종이라고 부르면서 마나에 관해서는 누구도 따라올 존재가 없다고 하던 대륙의 드래곤들도 마나를 직접 눈으로 볼 수는 없었다.

아니, 대륙의 주신 카일라제도 마나를 봤다고 말한 적이 없다.

그런데 지금 현중은 자신의 눈으로 마나가 보이는 것이다. 어디에서 시작해 어디로 흐르는지 모두 보였다. 마치 반투명한 푸른 바람이 지나가듯 선명하게 보이는 것이다.

"하, 이것도 내 복인가?"

대기의 마나 자체를 보고 만질 수 있는 능력을 그냥 줍다시피 얻게 된 현중은 처음에는 당황했지만 곧 웃어버렸다. 이제는 오히려 한 폭의 수채화처럼 하늘을 날아다니는 마나의 띠를 구경하면서 입가에 미소를 지어 보였다.

"뭐, 필요하니까 생겼겠지."

결국 현중은 복잡하게 생각하지 않았다. 이왕 생긴 능력 어쩌겠는가? 이미 운명의 굴레를 느끼고 존재를 알고 있는 현중은 이것도 다 필요하기에 생긴 능력이려니 하고는 대충 넘겨버렸다.

그리고 특별하게 자신이 강해지거나 외모가 변한다거나 그런 것도 느끼지 못했기에, 그저 단순히 마나를 보고 만질 수 있는 능력이 생긴 걸로 생각해 버린 것이다.

오빠~ 전화 받아~ 오빠~ 전화 받아~

한참 마나로 이루어진 하늘의 수채화를 감상하던 현중의 상념을 깬 것은 휴대폰의 알람 소리였다.

딸각!

"네."

[현중 씨, 저예요. 어디에 있나요? 주차장인가요?]

"일찍 오셨네요. 지금 저번 그 주차장에 있으니 그리 오세요."

[네.]

용건만 간단히 하고 끊어버리는 마리아의 모습을 보니 어지간히 애가 닳긴 했나 보다. 보통 한 시간 넘게 걸리는 거리인데 이제 40분 정도밖에 되지 않았는데 도착한 듯했다.

"하긴 미래를 보는 능력을 가진… 아이라면 가치는 그것 이상이겠지."

이미 벤젤이라는, 과거 대륙에서 레이스와 같은 능력을 지녔던 아이를 잘 알고 어떻게 끝이 나는지도 알고 있는 현중은 내심 씁쓸하면서도 기분이 약간 복잡했다.

멀리서 들리는 소리에 현중이 무심결에 하늘을 보니 헬리콥터 한 대가 N대 상공에 나타나더니 곧장 운동장 쪽으로 방향을 틀어 내려섰다.

그리고 헬리콥터에서 내리는 사람을 본 현중은 웃어버렸다.

"크크큭, 설마 헬기를 타고 올 줄이야……"

완전 예상 밖의 등장에 현중은 웃으면서 차에서 내렸다. 레이스를 안아 든 그는 천천히 걸어서 헬리콥터가 내려앉은 운동장으로 걸었다.

"많이 급했나 보군요."

현중이 그냥 웃으면서 마리아에게 말하자 마리아는 어색하게 현중을 보더니,

"아무래도 스승님의 손녀니까요."

현중이 안고 있는 레이스를 보자 눈동자가 흔들리는 마리아였고, 현중이 그걸 못 볼 리가 없다. 하지만 그냥 모른 척했다. 엮여서 좋을 게 없다는 건 이미 누구보다 자신이 잘 알고 있지 않는가. 졸업하기 전까지는 조용하게 지내자고 다짐했기에 가능하면 직접적으로 건드리지 않는 이상 웬만하면 무시하기로 한 현중이다.

그런데 보기에는 50대 후반으로 보이는 남자가 마리아를 뒤따라 헬기에서 내리더니 천천히 걸어왔다.

'몸에 흔들림이 없고 중심이 잡혀 있군.'

몇 걸음 걷지도 않았는데 현중은 방금 헬기에서 내린 남자가 평범한 사람이 아니라는 것을 눈치챘다.

"백호연 씨."

마리아는 백호연을 보고는 살짝 놀랐다.

그런데 백호연은 그런 마리아의 시선도 무시한 채 그대로 걸어서 현중 앞까지 다가가 현중을 올려다봤다.

현중보다 머리 하나 작은 백호연은 물끄러미 현중을 바라
보더니 갑자기 씨익 웃으면서,

"자네가 그 유명한 김현중인가?"

대뜸 중국어로 말하는 백호연에게 현중은 부드럽게 중국
어로 대답했다.

"제가 김현중인 건 맞습니다만 실례지만 누구신지요?"

살짝 미소를 지으면서 백호연의 질문에 대답하자 백호연
은 웃으면서,

"오, 중국어도 수준급이군. 난 중국의 영춘권 마스터 백호
연이라고 하네."

"아!"

그제야 현중도 상대가 누군지 기억해 냈다. 베이스퍼에게
들었던 적이 있다. 중국 영춘권의 달인으로 마스터의 경지에
오른 인물의 이름이 바로 백호연이었기에.

상대는 마스터이니 고개를 숙여 인사를 하자 오히려 백호
연이 손을 저으면서,

"베이스퍼 영감한테 들었네. 영감을 회춘시켰다면서?"

백호연이 말하는 회춘이란 마이스터에 올라 젊어진 것을
말한다는 것을 잘 알고 있기에 현중은 그저 웃었다.

"깨달음이란 불현듯 찾아오고 그것을 잡느냐 놓치느냐는
모두 본인의 뜻이지 않겠습니까?"

"크크큭, 그래, 그건 자네 말이 맞긴 해. 하지만 말이야, 나보다 늙은 영감이 이제는 회춘을 해서 젊어져 버렸거든. 쩝. 그게 왠지 배가 아프단 말이야."

뭔가 현중에게 원하는 것이 있는 듯 말하는 백호연이지만 현중은 모른 척 웃기만 할 뿐이었다.

"그보다 자네, 아직 학생이랬지?"

"네. 곧 졸업을 앞두고 있습니다."

"그럼 나랑 같이 중국에 가지 않겠나? 교환학생으로 말이야."

"……?"

갑자기 무슨 소리를 하는지 몰라 현중이 고개를 갸웃거리자,

"남자는 큰물에서 놀아야지. 안 그런가? 중국 북경대에 교환학생으로 한 몇 개월만 있으면 나중에 졸업할 때도 좋을 텐데. 안 그런가?"

"백호연 씨!!"

그냥 무식하게 들이미는 백호연의 모습에 현중은 웃으면서 넘기려 했다. 그 와중에 레이스를 헬기에 무사히 데려다 놓은 마리아가 곧장 백호연에게 소리 지르면서 다가왔다.

"갑자기 그런 말 하면 상대에게 실례잖아요."

"후후훗, 실례라……. 뭐 그렇다면 오늘은 이만 물러나지.

그보다 역시나 배 아파. 곧 우화등선할 영감이었는데… 적어도 100년은 나보다 더 쌩쌩하게 생겼으니. 쩝.”

여전히 베이스퍼가 벽을 깨뜨려 마이스터의 경지에 오른 게 배가 아픈 듯 구시렁거리면서 헬기로 돌아가는 백호연이었다. 그리고 그런 백호연을 보던 마리아는 현중에게 미안한 듯 어색하게 웃으면서,

“미안해요. 저분이 좀 즉흥적인 성격이라……. 당황했죠?”

“아니에요. 그냥 순간 저도 그래 볼까 하는 생각이 잠시 들었어요. 후후훗.”

그냥 현중은 농담으로 한 말인데 순간 마리아의 눈빛이 바뀌면서 현중에게 바짝 다가섰다.

“정말요? 그럼 우리 영국으로 잠시 오실래요? UCL대학으로 몇 개월만 교환학생으로 오셔도 되는데. 잠자리부터 모든 걸 제가 책임질게요.”

초롱초롱한 눈으로 백호연보다 더 들이대는 마리아의 모습에 현중은 난감하게 웃으면서 대충 둘러댔다.

“생각해 볼게요.”

“정말이죠? 무조건 영국부터 오셔야 해요?”

마치 현중이 영국으로 간다고 말한 것처럼 마리아가 좋아하는 모습을 본 현중은 피식 웃었다.

“네. 만약에 간다면 영국부터 가도록 하죠.”

“그럼 기다릴게요. 오늘은 바쁜 일이 있어서 이만 헤어지지만 나중에 꼭 연락 주세요.”

마치 소개팅에서 마음에 드는 남자와 헤어지는 듯한 분위기를 연출한 마리아는 시동을 걸고 출발하려는 헬기를 향해 몸을 돌렸다.

그때 현중이 나직이 마리아에게 말했다.

투투투투투투투.

“레이스가 운명을 받아들이고 진실로 앞으로 나가려고 할 때 마리아가 곁에서 레이스를 지켜줘야 할 겁니다.”

“네?”

헬기의 요란한 프로펠러 소리에 현중의 말을 듣지 못했는지 마리아가 되물었지만 현중은 웃으면서 오른손을 살짝 흔들고 있을 뿐이다.

“대륙의 마스터라……. 궁금하긴 하군.”

떠나가는 헬리콥터를 바라보면서 이제 다시 조용한 일상으로 돌아가려 몸을 돌린 현중은 순간 걸음을 멈추었다. 기척도 느끼지 못했는데, 그의 정면에는 한 여인이 나타나 있었다. 그 여인에게 현중의 시선이 고정되었다.

“겨우 찾았네, 현중 “

“…차원자? “

　　단 한번 본 얼굴이지만 절대 잊을 수 없는 인연을 가진 여
인은 바로 대륙에서 지구로 현중을 데리고 왔던 차원자였
다.

『현중 귀환록』 4권에 계속…

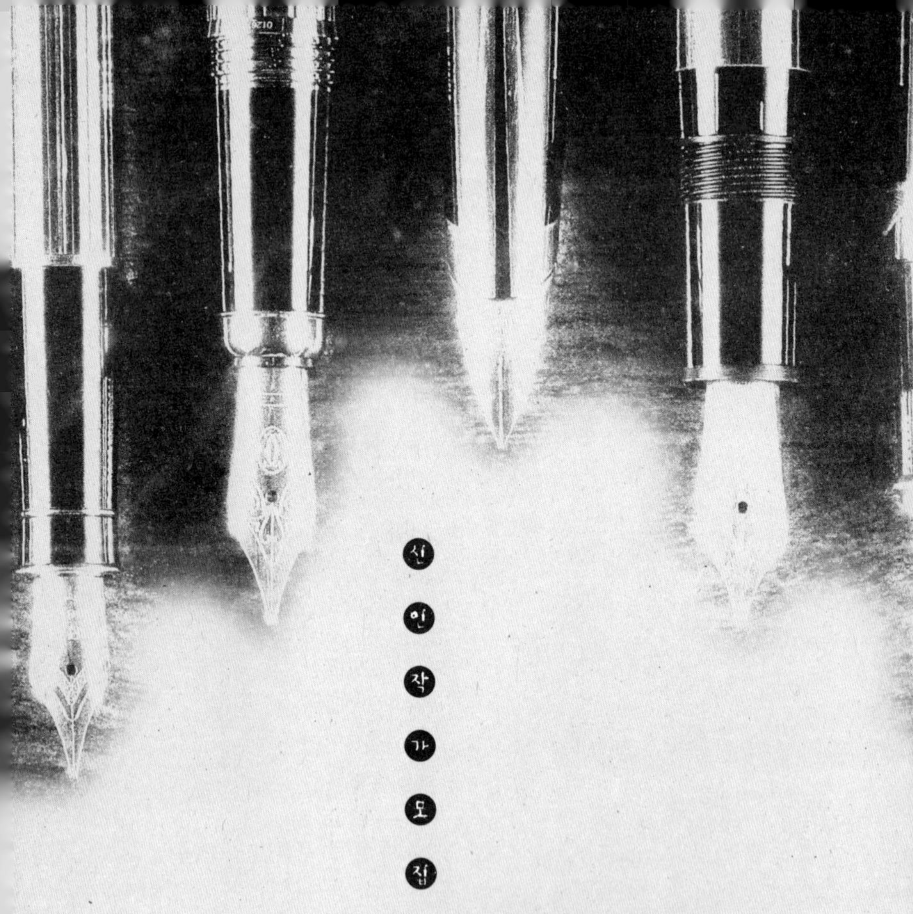

SWORD SLAYER

소드 슬레이어

류연 판타지 장편 소설

FANTASY FRONTIER SPIRIT

그날로 돌아간 그 순간부터 입버릇처럼 붙은 한마디.

"생각해라, 아서 란펠지."

귀족 반란에 휘말린 채 죽어야 했던 기사, 아서 란펠지.
600년 전 마룡 카브라로 인해 봉인당한 세 용사의 영혼.
버려진 이름없는 신전에서 그들이 만났을 때
운명은 또 다른 전설의 서막을 알렸다!

소드 슬레이어!

힘없이 죽어간 모든 인연들을 위하여
무력하고 허망했던 어제를 딛고
멈추지 않는 오늘을 달려 내일을 잡아라!

위선에 가득찬 검들을 향해
여섯 번째 마나 소드, 에스카룬의 검이 질주한다!

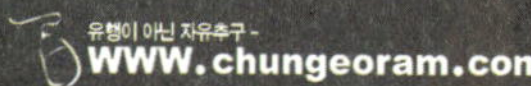

2011년 대미를 장식할
준.비.된. 작가 정민교의 신무협이 온다!
『낭인무사(浪人武士)』

"죄수 번호 사천이백삼, 담운!"
"……!"
"출옥이다."

만두 하나.
고작 그 하나에 이십 년 옥살이를 한 소년, 담운.
그 답답하고 억울한 마음을 풀어낸다!

무림맹! 구대문파! 명문세가!
겉만 번지르르한 놈들은 다 사라져라!
겉과 속이 다른 너희들을 심판하러 내가 왔다!

Book Publishing CHUNGEORAM

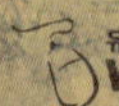

유행이 아닌 자유추구 –
WWW.chungeoram.com